河出文庫
古典新訳コレクション

松尾芭蕉／おくのほそ道

松浦寿輝 選・訳

河出書房新社

目次

枯枝に鳥のとまりたるや秋の暮　95

いづく霽傘を手にさげて帰る僧　96

石枯て水しぼめるや冬もなし　98

あさがほに我は食くふおとこ哉　99

るすにきて梅さへよそのかきほかな　100

野ざらしを心に風のしむ身哉　102

道のべの木槿は馬にくはれけり　103

木の葉散桜は軽し檜木笠　104

秋風や藪も畠も不破の関　106

冬牡丹千鳥よ雪のほとゝぎす　107

明ぼのやしら魚しろきこと一寸　108

此海に草鞋すてん笠しぐれ　110

狂句こがらしの身は竹斎に似たる哉　111

130 京まではまだ半空や雪の雲

131 冬の日や馬上に氷る影法師

133 枯芝やゝかげろふの一二寸

134 行春にわかの浦にて追付たり

135 ほとゝぎす消行方や嶋一つ

137 蛸壺やはかなき夢を夏の月

138 五月雨にかくれぬものや瀬田の橋

140 夏来てもたゞひとつ葉の一葉哉

141 おくられつおくりつはては木曾の秋

142 身にしみて大根からし秋の風

144 ほととぎすうらみの滝のうらおもて

145 田一枚植て立去る柳かな

146 夏艸や兵共がゆめの跡

四方より花吹入てにほの波　165

行春を近江の人とおしみける　166

橘やいつの野中の郭公　167

己が火を木々の螢や花の宿　169

京にても京なつかしやほとゝぎす　170

蜻蜓やとりつきかねし草の上　171

艸の葉を落るより飛螢哉　172

鐘消て花の香は撞夕哉　174

病鴈の夜さむに落て旅ね哉　175

月待や梅かたげ行小山伏　176

嵐山藪の茂りや風の筋　178

うき我をさびしがらせよかんこどり　179

凩に匂ひやつけし帰花　180

朝露によごれて涼し瓜の土　199

夏の夜や崩て明し冷し物　200

秋ちかき心の寄や四畳半　202

皿鉢もほのかに闇の宵涼み　203

風色やしどろに植し庭の萩　204

名月に麓の霧や田のくもり　206

今宵誰よし野の月も十六里　207

此道や行人なしに秋の暮　208

此秋は何で年よる雲に鳥　210

月澄や狐こはがる児の供　211

秋深き隣は何をする人ぞ　212

旅に病で夢は枯野をかけ廻る　214

なに喰て小家は秋の柳蔭　215

松尾芭蕉／おくのほそ道

おくのほそ道

一、漂泊の情

月と日は永遠に歩みつづける旅の客であり、来ては去り迎えてはまた送る年々も、そのひとりびとりが旅人なのだ。櫓《ろ》を漕《こ》ぎ水のうえに生涯を浮かべる船頭、馬のくつわをとって街道で老いてゆく馬子《まご》は、日々が旅であり旅そのものをおのれのすみかとしている。風狂の先人たちのなかには、旅の途上に客死した者も多い。わたしもまたいつのころからか、風に吹きちぎられるひとひらの雲にいざなわれ、漂泊の思いがやまず、海辺の土地をさすらい、去年の秋、隅田川《すみだがわ》のほとりのあばら家に戻って蜘蛛《くも》の古巣をはらい、やがて年も暮れていったのだが、新年を迎え、春霞《はるがすみ》の立ちこめる空を眺めるうちに、この空の下、陸奥《みちのく》への入り口をなす白河の関を越えてみたいと、そぞろ神《がみ》に乗り移られたように心がみだれ、また道祖神もしきりに招いているように思われてならず、何をしようとしても上《うわ》の空で手につかなくなってしまった。股引《ももひき》のやぶれを繕い、笠《かさ》のひもをつけかえ、三里に灸《きゆう》をすえて旅支度にとりかかると、心にかかるのはもうひたすら松島の月のことばかり。この家に帰ることももうあるまいと、これまで住んでいた芭蕉庵《ばしようあん》は人にゆずり、杉風《さんぷう》の別宅に引っ越したが、その際、

草の戸も住《すみ》替《かは》る代《よ》ぞ雛《ひな》の家

（このわびしい草庵《そうあん》も、あるじが代替わりすれば、これまでの世捨て人の殺風景な暮らしとは一変し、雛祭りには雛人形を飾るようなにぎやかな家となることだろう）

と詠み、この句を立句として百韻連句のうちの面《おもて》八句をつくり、草庵の柱にかけておいた。

二、出立

三月も終りかけた二十七日（陽暦五月十六日）、あけぼのの空はおぼろにかすみ、

有明の月が懸かって穏やかにしずまった光がみなぎるなか、富士の峰がかすかに遠望される。上野や谷中の花のこずえをまたいつの日に見ることもあろうかと思えば、心細さもつのる。親しい人々は前の晩から集まり、一緒に舟に乗って、旅立つわたしを送ってくれた。千住というところで舟を下りると、前途三千里のはるかな思いに胸がいっぱいになり、夢まぼろしともつかぬこの世のちまたに、離別の涙をそそぐ。

行《ゆく》春《はる》や鳥啼《なき》魚《うを》の目は泪《なみだ》

（逝《い》く春を惜しむ愁いの情は、鳥や魚にさえあると見え、鳥は悲しげに鳴き、魚の目には涙が浮かんでいる）

これを旅中吟の第一句として、いよいよ旅に身を投じたが、道はなかなかはかどらない。人々は路上に立ち並び、わたしたちの後ろ姿が見えなくなるまで見送ってくれるつもりらしい。

三、草加

今年、すなわち元禄《げんろく》二年ということになろうか、奥羽《おうう》のあたりへの長い行脚《あんぎゃ》の旅をふと思い立ち、異郷の空の下に老いさらばえ、笠に積む雪がそのまま白髪となってしまう運命を、いずれ嘆くことになるのはわかりきっているのに、耳には聞いてもまだ目には見たことのない土地を見て、もし生きて帰ることができればと、あてにもならぬ期待をたのみとして、その日、草加という宿《しゅく》にようやくたどり着いた。痩《や》せて骨の浮きでた肩にかかる荷の重さが、何よりもまず苦しい。ほんの身ひとつで出立しようと旅支度をととのえたのだが、紙子《かみこ》一枚は旅寝の夜の寒さをしのぐために必要であり、またゆかた、雨具、墨、筆のたぐい、あるいは辞退しきれなかった餞別《せんべつ》の品々など、さすがに道ばたには捨てがたく、道中のわずらいとなったのは、まずはいたしかたのないなりゆきであった。

四、室《むろ》の八嶋《やしま》

室の八嶋明神に詣でる。同行の曾良《そら》が言うには、「この明神に祀《まつ》られている神様は、木花開耶姫《このはなさくやびめ》といって、富士の浅間《せんげん》神社に祀ってあるのと同じ御神体です。姫は、密閉された土の室に入って火をつけ、貞操を証し立てるためにわが身を焼き滅ぼそうという誓いをお立てになったのですが、その炎のただなかから、彦火々出見尊《ひこほほでみのみこと》がお生まれになり、竈《かまど》の意から釜転《やしま》じて、『室の八嶋』と呼ばれるようになったのです。また、室の八嶋と言えば古来、煙にちなむ歌が詠みならわされていますが、それもこうしたいわれから来ています。さらにまた、ここでは、焼くと人を焼くにおいがすることから、鮗《このしろ》という魚を食べることを禁じています」と。八嶋明神にまつわるこうした縁起の趣旨が、世に伝わっているのである。

五、仏五左衛門《ほとけござえもん》

三月三十日、日光山のふもとに泊まる。宿のあるじが言うには、「わたしの名前は仏五左衛門と申します。何事につけ正直第一をむねとしておりますので、世間がそう言いならわすようになりました。ですので、今宵一夜の旅まくらもどうか安らかなお気持でお休みください」と。いったいどのような仏様が、この汚濁の現世にかりそめの姿をあらわし、こんな僧形の、乞食《こじき》か巡礼のような姿のわたしたちをお助けくださるのかと、あるじの挙措動作をじっと観察してみると、なるほど世俗の知恵も思慮もまるでなく、正直ひとすじの人物である。「剛毅《ごうき》朴訥《ぼくとつ》、仁に近し」と『論語』にある、そうしたたぐいの人柄で、生まれついてのこの清らかな気質は、もっとも尊ぶべきものであろう。

六、日光山

四月一日、日光山の御社《みやしろ》に参拝する。かつてはこのお山に「二荒山《ふたらさん》」の字を当てていたのだが、空海大師がここに寺を建立されたとき、「日光」とお改めになった。千年も先の未来を見通してそうなさったのだろうか。いまこの東照大権現の霊験あらたかな御光《みひかり》は天下に輝き、その恩沢は世の隅々にまで行きわたり、士農工商の民のことごとくが安逸で平穏な暮らしをいとなんでいる。これ以上書くのも畏《おそ》れおおいので、このあたりで筆を擱《お》くことにしよう。

あらたふと青葉若葉の日の光

（ああ、何と神々しいことよ、青葉若葉に燦々《さんさん》と降りそそぐ日の光は、日光

東照宮の御威光そのもののように有難く感じられる）

七、衣更《ころもがえ》

黒髪山（男体山）は霞がかかって、白々とした残雪が見える。

剃《そり》捨《すて》て黒髪山に衣更　曾良

（黒髪を剃り俗衣を僧衣に着替えて旅に出たが、その剃り捨てた黒髪にちなむ名の、黒髪山のふもとまで来た今日、ちょうど衣更の日を迎えた）

曾良は河合《かわい》氏《うじ》であり、名は惣五《そうご》郎《ろう》という。深川の芭蕉庵の近くに住み、わが家の炊事仕事を助けてくれていた。このたび松島、象潟《きさがた》の眺めをわたしとともにすることを喜び、かつまた旅の労苦をいたわってやろうと、出立の朝に髪を剃り墨染めの衣に着替えて、俗名の惣五を法名の宗悟に改名した。ここからこの「剃捨て黒髪山に衣更」の句が生まれた。「衣更」の二字には、たんなる生活慣習だけではなく心の持ちようの意味まで籠められ、見事な効果をあげている。

二十丁あまり山を登ると滝がある。洞穴のように岩がくぼんだ頂きから迸《ほとばし》り出た水は、宙を飛ぶように百尺を下り千岩を駆け抜け、真っ青な滝壺《たきつぼ》に落下してゆく。身をかがめて岩屋に忍び入り、裏に回って滝を見ることができるところから、「裏見の滝」の名が言い伝えられている。

暫時《しばらく》は滝にこもるや夏《げ》の初《はじめ》

（こうしてしばらく滝の裏側の岩屋に籠もり、流れ下る水の清浄な涼気を浴びていると、まるで仏徒の行なう夏籠《げごも》りの行《ぎょう》の始まりであるかのようだ）

八、那須野《なすの》

那須の黒羽《くろばね》というところに知人がいるので、この日光から野を横断して、まっすぐに近道を行こうとした。はるか遠くに見える村をめざして歩くうちに、途中で雨が降り出し、日も暮れてしまった。農夫の家に一夜の宿を借り、夜が明けるとまた野中を歩きつづける。すると、放し飼いの馬がいる。草を刈っている男に近寄って難儀を訴えて嘆願すると、無骨な田舎者ながらもさすがに人情を知らないわけではなく、「どうしたらいいかなあ。道案内はできないけれども、この那須野は道が東西縦横に分かれているから、土地に慣れない旅の人はきっと道を間違えて迷ってしまうことでしょう。心配だから、この馬に乗ってお行きなさい。馬が足を止めるところまで行って、そこで馬を追い帰してくれればいいですから」と言って、馬を貸してくれた。小さな子どもが二人、馬のあとについて走ってくる。ひとりは少女で、名を「かさね」という。こんな田野には聞き慣れない、いかにも優雅な名なので、曾良が、

かさねとは八重《やへ》撫子《なでしこ》の名成《なる》べし　曾良

(可愛《かわい》い子どもはよく撫子にたとえられるが、幾重もの慈しみを受けて育てられているらしいこの「かさね」という名の娘は、たとえてみれば、花弁が重なった八重撫子でもあろうか)

という句を詠んだ。ほどなく人里に着いたので、馬の借り賃を鞍《くら》つぼにむすびつけたうえで、馬を帰した。

九、黒羽

黒羽の城代家老、浄法寺《じょうぼうじ》なにがしという人のもとを訪ねた。思いがけない客の訪問を主人はたいそう喜び、昼も夜も語りつづけて話は尽きず、またその弟の桃翠《とうすい》という人が、朝夕まめまめしく気を配って相手をしてくれる。桃翠の家へ連れていかれたり、またその親戚の家にも招かれたり、そんなふうに何日も経つうちに、ある日、黒羽の郊外へ散策に出て、犬追物《いぬおうもの》（騎馬で犬を追い弓で射る武術競技）の跡をひととおり見物した後、那須の篠原に分け入り、玉藻《たま》の前《まえ》の古い塚を訪ねた。さらに八幡宮に参詣した。「那須与一《なすのよいち》が扇の的を射とめたとき、『とりわけわが郷国の氏神であられる八幡様よ』と誓いを立て祈りをささげたのも、この神社なのですよ」などと聞くと、神の威徳がひとしお身にしみて有難く感じられる。やがて日が暮れたので桃翠の家へ帰った。

光明寺という修験道《しゅげんどう》の寺がある。そこに招かれて、行者堂《ぎょうじゃどう》を拝む。

夏山に足駄《あしだ》をお《（を）》がむ首途《かどで》哉《かな》

（陸奥の夏の山々をめざしてこれからいよいよ出発するが、その門出にあた

り、健脚で名高い修験者にあやかろうと、役小角《えんのおづの》の像の高足駄を拝んだ）

一〇、雲巌寺《うんがんじ》

この下野国《しもつけのくに》の雲巌寺の奥に、江戸で旧知の仏頂和尚《ぶっちょうおしょう》が山暮らしをなさっていた居所の跡がある。

竪《たて》横《よこ》の五尺にたらぬ草の庵《いほ》
むすぶもくやし雨なかりせば
（五尺四方にも足りない草庵に住んでいるが、もし雨さえ降らなければそんな小庵さえむすばずに済むものをと、残念でならない）

「そんな歌を、たいまつの燃えがらで、近くの岩に書きつけたものです」と、和尚はいつぞや話されていたものだ。その跡を見ようと雲巌寺に杖をついて出かけたところ、人々がわれもわれもと誘い合って同行し、なかには若者が多く、道中にぎやかに燥《はしゃ》ぎたち、いつの間にか寺のある山のふもとに着いてしまった。山は奥深い気色《けしき》で、谷沿いの道がはるか遠くまでつづき、松や杉が小暗《おぐら》くしげり、苔《こけ》からは雫《しずく》がしたたって、四月の空も今なお寒々しい。雲巌寺十景が果てるあたりに橋があり、それを渡って山門に入る。

さて、仏頂和尚の山居の跡はどのあたりかと、寺の背後の山に攀《よ》じ登ってみると、石のうえに作った小さな庵で、岩窟《がんくつ》にもたせかけるように建ててある。話に聞くいにしえの中国の妙禅師《みようぜんじ》の死関《しかん》や、法雲《ほううん》法師の石室を目の当《ま》たりにしているような気がする。

木啄《きつつき》も 庵《いほ》は やぶらず 夏木立

(夏木立のなか、きつつきが木をつつく音がしきりに聞こえるが、あのきつつきたちもさすがにこの小庵をつつくのは哀れと思ってか、つつき破らず残しておいてくれたのだ)

と、とりあえず即興で吟じ、その句を書きつけた短冊を庵の柱にかけおいてきた。

一一、殺生石《せっしょうせき》、遊行柳《ゆぎょうやなぎ》

黒羽を発ち、謡曲で名高い殺生石へ向かう。黒羽の城代家老が馬をつけて送ってくれた。その馬の手綱《たづな》を引く男が、「短冊を頂戴《ちょうだい》できないでしょうか」と頼んでくる。馬子のような者にしては風雅なことを望むものだと感心し、次の句を書き与えた。

野のよこに馬牽《むまひき》むけよ郭公《ほととぎす》

（馬の背に揺られて那須野を行くうちに、ほととぎすの鳴き声がした。馬子さんよ、しばし馬をとどめて、どうかあの鳴き声の方角へ馬首を引き向けておくれ。ほととぎすの優美な鳴き声を一緒に賞玩《しょうがん》しようじゃないか）

殺生石は温泉の湧《わ》き出す山陰にある。石の毒気はまだ失せず、蜂、蝶《ちょう》のたぐいが重なり合って死んでおり、地面の砂の色も見えないほどだ。

また、やはり謡曲で有名な、「道のべに清水流るゝ柳かげしばしとてこそ立ちどまりつれ」と西行《さいぎょう》が歌に詠んだあの柳は、芦野《あしの》の里にあって、田の畦《あぜ》に今なお残っている。江戸で旧知だったこの地の領主の戸部《こほう》なにがしという人が、「あの柳をあなたにぜひ見せたいものだ」などと折りにふれ語っておられ、どのあたりにあるのだろうと思っていたものだが、今日ようやくこの柳の陰に立ち寄ることができた。

田一枚植《うゑ》て立去《たちさ》る柳かな

(これが西行法師ゆかりのあの那須芦野の柳か、と感慨に耽《ふけ》りつつ「しばしとてこそ立ちどま」っているうちに、早乙女《さおとめ》たちが一区画の田植えを手早く終えてしまった。わたしも名残《なご》りを惜しみつつ、そそくさと立ち去ってゆく)

一二、白河《しらかわ》の関

浮き足立った待ち遠しい気持のまま、旅の日数《ひかず》を重ねるうちに、行程は白河の関にかかって、ようやく旅心《たびごころ》が定まった。「便りあらばいかで都へ告げやらむけふ白河の関は越えぬと」という平兼盛《たいらのかねもり》の歌があるが、関越えの感慨を何とか都へ告げ知らせたいという気持は、まことにもっともと納得が行った。歌枕となった数ある関のなかでも、白河の関は最重要の三関の一つで、古来、風雅の道を志す詩人や歌人の心を魅了してきた。能因《のういん》法師の歌に「都をば霞とともに立ちしかど秋風ぞ吹く白川の関」とある、その秋風の響きを今なお耳に聴き、源頼政《みなもとのよりまさ》の歌に「都にはまだ青葉にて見しかども紅葉《もみじ》散りしく白河の関」とある、その紅葉のおもかげをまざまざと思い浮かべつつ、しかしこの初夏の候、わたしが実際に目の当たりにしているこの青葉の梢《こずえ》にもまた、それらに劣らずなおいちだんと深いもののあわれがあるように感じる。「夕づく夜入りぬる影もとまりけり卯《う》の花咲ける白河の関」（藤原定家）、「見て過ぐる人しなければ卯の花のさける垣根や白河の関」（藤原季通《すえみち》）、「別れにし都の秋の日数さへつもれば雪の白河の関」（大江貞重）などの古歌もよみがえってくるが、卯の花の白さに加え、そこに白い茨の花が咲き添っているこの景色には、雪景色の白さを超えた情趣がみなぎっているように思われる。かつて竹田大夫国行《たけだのたゆうくにゆき》はこの関を越えるとき、冠をきちんとかぶり直し、衣服を正装に改めて通ったそうで、そのことは藤原清輔《ふじわらのきよすけ》の文章に書き留められているとやら。

卯の花をかざしに関の晴着《はれぎ》哉《かな》　曾良

（古人は冠を正し装束を改めてこの関を越えたという。冠や着替えのないわたしは、せめて道端の卯の花を折り取って挿頭《かざし》とし、それを晴れ着のつもり

で関越えをすることにしよう)

一三、須賀川《すかがわ》

それやこれやさまざまな思いの交錯するなか、関を越え、しばらく行くうちにやがて阿武隈川《あぶくまがわ》を渡った。左には会津《あいづ》の磐梯山《ばんだいさん》が高くそびえ、右には磐城《いわき》、相馬《そうま》、三春《みはる》の庄が広がり、背後にはこの陸奥と常陸国《ひたちのくに》や下野国との境をなす山々がつらなる。影沼《かげぬま》というところを通ったが、蜃気楼《しんきろう》が見えることに由来する地名と聞いていたのに、今日は空が曇っているので何の物影も立っていない。

須賀川の宿駅に等窮《とうきゅう》という者を訪ねると、その家に四、五日引き留められた。等窮がまず尋ねてきたのは、「白河の関を越えた際にどんな句をお詠みになりましたか」ということだった。そこで、「長旅の苦しさで、体も心も疲れきり、そのうえ周囲の美しい風景に魂を奪われ、この歌枕ゆかりの古歌や故事への懐旧から、失われたものをめぐる痛切な悲嘆もこみ上げてきて、句作にはかばかしい思いを凝《こ》らす余裕はありませんでした。とはいえ、

風流の初《はじめ》やおくの田《た》植《うゑ》うた

（ようやく白河の関を越え、これからいよいよ陸奥の歌枕を経めぐって風流の趣きを楽しもうとしているところだが、その風流の手始めは鄙《ひな》びた奥州の田植え歌であった）

何も吟じずに関越えするのもいかがなものかと思い、辛うじて詠んだ一句がこれです」と語ると、この句を発句として等窮の脇句、曾良の第三が付けられ、やがて三巻《みまき》の歌仙が仕上がった。

この宿駅の、とある片隅に、栗《くり》の大木の木陰を頼りとして庵を結び、浮世を疎んじて隠れ住む僧がいる。西行が「山深み岩にしたゞる水とめんかつがつ落つる橡《とち》拾ふほど」と詠んだ深山《みやま》暮らしもかくやと思われ、閑寂《かんじやく》の境地に感じ入ったので、懐紙に次のような詞《ことば》と句を書きつけた。

栗という字は西の木と書き、西方の極楽浄土に縁があるとして、行基菩薩《ぎようぎぼさつ》は生涯を通じ、杖にも柱にもこの木を使われたとか。

世の人の見付《みつけ》ぬ花や軒の栗

（この草庵は、世人の目に留まらない地味な栗の花を軒端《のきは》に咲かせているが、その奥ゆかしさは、庵のあるじの心映《こころば》えそのものでもあろう）

一四、安積山《あさかやま》

等窮の家を出て五里ばかり行き、檜皮《ひわだ》の宿を離れると、安積山がある。街道のすぐ近くである。このあたりには沼が多い。かつみを刈る時節も近づいているので、「どの草を花かつみと言うのでしょうか」と人々に尋ねてみるが、誰も知らないという。沼のほとりを探し、人に問い、「かつみ、かつみ」と尋ね歩いているうちに、日は傾いて早くも山の端《は》に懸かってしまった。二本松のところで右に折れ、謡曲で名高い黒塚の岩屋をひととおり見て、福島に泊まる。

一五、しのぶの里

明けて翌朝、しのぶ草の汁で乱れ模様の染色をするのに使う「しのぶもじ摺《ず》りの石」を尋ねて、信夫《しのぶ》の里へおもむく。はるかな山陰にある小さな村里で、石はなかば土に埋もれていた。里の子どもが来て、「昔はこの山のうえにあったのですが、往来する人が青麦を抜き荒らし、この石を使って摺り染めを試してみたりするので、村人たちが腹を立て、この谷に突き落としてしまったのです。そういうわけで、もじれ柄のある石のおもて側が下になったまま転がっているのです」と教えてくれた。そういうこともあるのだろうか。

早苗《さなへ》とる手もとやむかししのぶ摺《ずり》

（早乙女たちが早苗をとる手つきを見ていると、往時、このあたりでしのぶ摺りをした手つきもあんなふうであったかと、昔が偲《しの》ばれてならない）

一六、飯塚の里

阿武隈川を月の輪の渡しで越え、瀬《せ》の上《うえ》という宿に出る。「このあたりの領主だった佐藤元治《もとはる》の旧跡は、左の山ぎわを一里半ほど行ったあたりにある。飯塚の里の鯖野《さばの》（佐場野）というところだ」と聞き、尋ね尋ね行くうちに、丸山という小丘に尋ねあたった。「これが佐藤元治の館の跡だ。丸山のふもとに大手門の跡がある」などと、人が教えてくれるままに見て回り、この世の無常を思い涙を流した。近くの古寺に佐藤一族の石碑が残っている。数ある墓碑のなかでも、討ち死にした継信《つぐのぶ》・忠信兄弟の妻女二人の碑がことさらにあわれである。女ながらかいがいしい働きを示し勇名を後世に残したのは大したことだと、感涙に袂《たもと》を濡《ぬ》らした。堕涙《だるい》の石碑なるものが昔の中国にあったと聞くが、いま眼前にあるものこそまさにそれなのだ。寺に入って茶を乞うと、ここには義経の太刀《たち》や弁慶の笈《おい》が保存され、寺の什宝《じゅうほう》となっていた。

笈も太刀も五月《さつき》にかざれ帋幟《かみのぼり》

（ちょうど時節柄、あちこちに勇ましい武者絵の紙幟がひるがえっているが、この寺に伝わる弁慶の笈や義経の太刀を飾って、端午の節句を祝ってほしいものだ）

以上は五月一日（陽暦六月十七日）の出来事である。

一七、捨身無常

その夜は飯塚（飯坂）に泊まった。温泉があるので湯に入ってから宿を借りたが、土間に筵《むしろ》を敷いてあるだけの粗末な貧しい家であった。灯火もないので、囲炉裏の火の明かりを頼りに床《とこ》をとって寝た。夜が更けてから雷がとどろき雨が強くなり、寝床のうえに雨漏りがするわ、蚤《のみ》や蚊に刺されるわで、眠ろうにも眠れない。持病まで起こって、痛みに気を失いそうになる。そのうちに夏の短夜《みじかよ》がようやく明けたので、また旅路についた。しかし、さんざんだった前夜の不快の名残りが尾を引いて、どうにも気持が晴れない。馬をやとって桑折《こおり》の宿駅に出る。前途はるかな旅の行く末をかかえているのに、今からこんな病に苦しんでいるようでは先がおぼつかない。とはいえ、このたびの旅は辺地をめぐる行脚旅であり、またわたし自身、この世の無常をよくよく得心し、わが身を捨てる覚悟を固めている以上、旅なかばの道中で野垂れ死にしようとも、それもまた天命だと、気力を少々取り戻し、道を威勢よく踏みしめことさらに闊歩《かっぽ》しつつ、伊達《だて》の大木戸を越した。

一八、笠島《かさじま》

鐙摺《あぶみずり》や白石の城下町を通り過ぎ、やがて笠島の郡《こおり》に入ったので、近衛中将藤原実方《さねかた》の墓はどのあたりかと思い、人に尋ねてみると、「ここからはるか右の方角に見える山ぎわの村里を、蓑輪《みのわ》、笠島と言い、そこには笠島道祖神の社《やしろ》や、西行が実方の塚で詠んだ歌『朽ちもせぬその名ばかりをとどめ置きて枯野の薄《すすき》形見にぞ見る』で名高い『形見の薄』が、今なお残っています」と教えてくれた。しかし、このごろの五月雨《さみだれ》のせいで道がきわめて悪く、体も疲れているので、遠くからちらりと眺めやっただけで通り過ぎてしまった。蓑や笠の字を含む蓑輪・笠島という地名も、この五月雨の季節に縁が深いと思いつつ、次の句を詠んだ。

笠《かさ》嶋《じま》は　い　づ　こ　さ　月　の　ぬ　か　り　道

（笠島はいったいどの辺だろうか。旧跡を訪ねてぜひ行ってみたいものだが、五月雨でぬかったこの泥濘《でいねい》の道では、残念ながらあきらめるほかはない）

一九、武隈《たけくま》の松

岩沼に宿をとる。

武隈の松を前にして、目の覚めるような心地がした。根は生えぎわのところから二本に分かれていて、二木《ふたき》の松として歌に詠まれてきた昔の姿を失っていないことがわかる。まず能因法師のことが思い出される。その昔、陸奥守《むつのかみ》としてこの地へ下ってきた藤原孝義《たかよし》という人がこの木を伐《き》って名取川《なとりがわ》の橋杭《はしぐい》になさったことなどがあったからだろうか、能因法師は二度目にこの地へ来たときに、「たけくまの松はこの度《たび》跡もなしちとせをへてや我はきつらむ」という歌を詠み、このたび来てみたら松は跡かたもない、と嘆いたのだった。この松は代々、あるいは伐られ、あるいは植え継ぎなどが行なわれたと聞くが、今はまた千年《ちとせ》の齢《よわい》にふさわしい立派な樹形がととのって、申し分なくすばらしい様子である。

たけくまの松みせ申せ遅桜《おそざくら》　挙白《きょはく》

（遅桜よ、芭蕉翁が奥州へ来られたら、ぜひとも武隈の松を見せてあげなさい）

この旅の出立にあたり、挙白という門人が、こんな句を餞別として贈ってくれたので、それへの答礼として、

桜より松は二木《ふたき》を三月《みつき》越し

（桜よりも、わたしを待っていてくれたのはむしろ松［＝待つ］で、「たけくまの松はふた木を」と古歌に詠まれたとおりのその姿を、旅の出立以来三月［＝見つ］越しに、今ようやく見ることができた）

二〇、宮城野

名取川《なとりがわ》を渡って仙台に入る。今日は五月四日、端午の節句の前日で、菖蒲《しょうぶ》を軒端にかざす日だ。宿をとり、四、五日逗留《とうりゅう》した。この地に画工加右衛門《かえもん》という者がいて、いささか風流心のあるご仁であると聞き、知り合いになった。この人が、「古歌に詠まれながら、場所が定かでなかった名所について、ここ数年来調べておきましたので」と言い、ある日案内してくれた。萩《はぎ》で名高い歌枕の宮城野にはなるほど萩が茂り

あい、秋の盛りのころにはさぞや見事だろうと想像された。玉田《たまだ》、横野《よこの》と回り、つつじが岡に来たが、ここは馬酔木《あせび》の咲くころだった。日の光も射しこまない松林に入り、「ここを『木《き》の下』と申します」と言う。昔もこんなに露の深い場所だったからこそ、『古今和歌集』に「みさぶらひ御笠と申せ宮城野の木の下露は雨にまされり」と詠まれたのであろう。薬師堂や天神の御社《みやしろ》などを拝んで、その日は暮れた。なお、この加右衛門は、松島や塩竈《しおがま》のところどころを画に描いて贈ってくれた。さらにまた、紺染《こんぞめ》の緒をつけた草鞋《わらじ》を二足、餞別にくれた。思ったとおり、風流のしたたか者はかくしてその真骨頂を現わすことになった。

あやめ草足《ぐさ》に結《むすば》ん草鞋の緒

（端午の節句を祝って、家々の軒には邪気払いの菖蒲が挿してあるが、わたしは旅の途上にある身、せめて足元の草鞋の緒にむすんで、道中の無事を祈るとしよう）

加右衛門の描いてくれた絵図を頼りに尋ね歩いてゆくと、奥の細道と呼ばれる街道があり、その山ぎわに、古歌に歌われた十符《とふ》の菅《すげ》が生えていた。今でも毎年、編み目十筋の「十符の菅菰《すがごも》」を作りそろえ、藩主に献上しているという。

二一、壺《つぼ》の碑《いしぶみ》

壺の碑　市川村多賀城跡《たがじょう》にある。

この壺の碑は、高さ六尺あまり、幅三尺ほどであろうか。表面についた苔をはがしてみると、かすかな文字が読み取れる。ここから四方の国境までの里数が書いてある。そして、「この城は、神亀《じんき》元年、按察使《あぜち》で鎮守府《ちんじゅふ》将軍の、大野朝臣東人《おおののあそんあずまひと》が造ったものである。天平宝字《てんぴょうほうじ》六年、参議で東海東山節度使《とうかいとうせんのせつどし》であり、同じく鎮守府将軍の恵美朝臣《えみのあそん》朝獦《あさかり》が修理を加え、ここに碑を建てる。十二月一日」とある。これは聖武天皇の御代《みよ》に当たっている。

昔から歌に詠まれている歌枕の数々は、今日まであまた語り伝えられているけれども、山は崩れ川は流れを変え、道は改まり、石は埋もれて土中に隠れ、木は老い朽ちて若い木に生え変わってゆくので、時が移り代《よ》が変わるにつれそれら歌枕の痕跡は定かでなくなってゆくのに、この壺の碑の前に来てみると、これだけは間違いなく確実な千年の昔のかたみであり、いま眼前に古人の心をまざまざと確かめ見ることができる。これぞ行脚の一功徳であり、生き永らえた悦《よろこ》びであって、旅の労苦を忘れ、涙が溢《あふ》れるばかりであった。

二二、末の松山、塩竈《しおがま》の浦

そこから、野田の玉川、沖の石を訪ねた。『古今和歌集』の「君をおきてあだし心をわが持たば末の松山波も越えなむ」（読み人知らず）の歌で有名な「末の松山」は、今はその場所に寺が建ち、名を末松山《まつしょうざん》という。松林の木々の間はことごとく墓場になっており、比翼連理の契りで結ばれた男女の仲も、その行き着くところつまりはこれかと思うにつけ、悲しみはいやますばかり。やがて塩竈の浦にいたって、日没を告げる入相《いりあい》の鐘の音《ね》を聞く。五月雨の空にも多少晴れ間が見え、夕月がほのかに輝くなか、籬《まがき》が島もほど近い。漁師の小舟《おぶね》が連れ立って漕ぎ帰り、浜辺で獲った魚を分け合う声々に、「世の中は常にもがもななぎさこぐあまの小舟の綱手かなしも」と源実朝《さねとも》が詠んだ気持がよくわかり、あわれの感がなおいちだんと胸をつく。その夜、盲目の法師が琵琶《びわ》をかき鳴らして、この地方独特の奥浄瑠璃というものを語っていた。平家琵琶でもなく、幸若舞《こうわかまい》の曲でもなく、田舎くさい調子で声を張りあげるので、もう床についているわたしたちの枕元まで伝わってきてやかましいが、とはいえこうした片田舎の古い文化が忘れ去られずに残っているのだから、まことに殊勝なことと感じ入った。

二三、塩竈明神

翌朝早く、塩竈明神に詣でる。この神社は、かつての藩主伊達政宗《だてまさむね》が再建されたもので、宮柱は太く、彩色された垂木《たるき》はきらびやかで、石段が高く連なり、朝日が朱塗りの玉垣を輝かせている。このようなさいはての地、不浄の国土にまで、神の霊験があらたかでいらっしゃるのが、わが国ならではの風俗なのだと、たいそう尊いことに思われた。

社殿の前には古い宝灯がある。その鉄の扉のおもてに、「文治《ぶんじ》三年和泉三郎《いずみのさぶろう》寄進」という文字が彫られている。五百年来のおもかげがいま眼前に浮かんで、ただひたすら珍しい。和泉三郎は、勇と義を重んじ、忠と孝に身を挺《てい》した武士である。その誉《ほまれ》高い令名は今の世まで伝わり、彼を慕わない者はいない。まことに、「人はよく道をつとめ、節義を守るべきだ、そうすればそれに伴って声名もおのずと上がるものだ」と古人が言うとおりである。

日はすでに正午に近い。舟をやとって松島に渡る。塩竈から松島までは二里あまり。やがて雄島《おじま》の磯《いそ》に着く。

二四、松島

さて、すでに言いふるされたことではあるが、松島はわが国随一の美景であり、およそ中国の洞庭湖《どうていこ》や西湖《せいこ》にくらべても恥じるものではない。東南の方角から海が陸に入りこみ、その入り江の内側は三里あって、あの浙江《せっこう》（中国浙江省の銭塘江《せんとうこう》）のように豊かな潮《うしお》をたたえている。数かぎりない島々が点在し、高くそびえた島は天を指さし、低く伏した島は波のうえに腹這《はらば》いになっている。二重に重なったり、三重に積み重なったりして、左の島から離れたかと思うと、それが右の島につらなっていたりする。島が島を背負い、また抱《いだ》き、まるで子や孫が仲良く遊んでいるかのようだ。松の緑が濃く、枝葉は潮風に吹きたわみ、その屈曲は自然に生じたものなのに、ことさらに曲げ整えてつくったような佳《よ》い形である。まことに惚《ほ》れ惚《ぼ》れするような景色であり、美女がその美顔にさらに化粧をほどこしたような趣きだ。神代の昔、大山祇《おおやまづみ》の神が行なったわざなのであろうか。大自然をつくりだした天のはたらきのこの見事さは、いかに絵筆をふるって描き出そうとしても、いかに言葉を尽くして詩文に表現しようとしても、とうていできるものではない。

二五、雄島が磯

雄島が磯は、陸から地続きになって、海に突き出した島である。雲居禅師《うんごぜんじ》の別室の跡、坐禅石《ざぜんいし》などがある。また、松の木陰に俗世を厭《いと》うて隠棲している人の姿も、まれには見えて、落穂や松かさなどを焚《た》く煙が立ちのぼる草庵に、閑《しず》かに住みなしている様子だ。どういう素性の人かはわからないが、ともかく心惹《こころひ》かれ、立ち寄ってみたが、そのうちに月がのぼって海に映り、昼の眺めとはまたことなった趣きの景色になった。海辺に戻って宿をとると、その宿屋は窓を海に向けて開け放った二階屋で、大自然の風にただよう雲のただなかで旅寝をするのは、不思議なまでに妙《たえ》なる心地がする。

松島や鶴《つる》に身をかれほとゝぎす　曾良

（この松島の絶景の何とすばらしいことか。ほととぎすよ、ここではおまえも鶴のすがたがふさわしいぞ。鶴に身を借り、この雅趣美景のただなかを思うさま鳴き渡っていけ）

わたしは句作をあきらめ、眠ろうとしたが、どうにも寝つかれない。芭蕉庵を離れるとき、素堂《そどう》が旅のはなむけに松島の詩を作ってくれた。原安適《はらあんてき》も松が浦島の和歌を贈ってくれた。わたしは頭陀袋《ずだぶくろ》の口を解き、これらの詩歌を取り出して、今宵の友として心をなぐさめた。袋のなかにはほかに、杉風、濁子《じょくし》から贈られた餞別句も入っていた。

二六、瑞巌寺《ずいがんじ》

十一日、瑞巌寺に参詣する。この寺は、天台宗の寺としての創建以来三十二代を経たその昔、真壁《まかべの》平四郎という者が出家して唐へ渡り、帰朝してから、禅寺として新たに開基したものである。その後、雲居禅師の高徳の感化を受け、七堂の建物は立派な瓦葺《かわらぶ》きに改築され、金箔《きんぱく》の壁をめぐらせた仏殿は荘厳な光で輝きわたり、あたかも極楽浄土をこの世に現出させたかのような大伽藍《だいがらん》となったのである。ところで、西行があの見仏聖《けんぶつひじり》を慕って松島を訪れ、この高僧の寺にふた月ばかり住んだという話が伝わっているが、その寺はいったいどこなのか、と心にかかってならない。

二七、石巻《いしのまき》

十二日、平泉へ赴こうとこころざし、姉歯《あねは》の松や緒絶《おだえ》の橋といった歌枕があると伝え聞き、人の通った跡もほとんどなく、猟師や柴刈《しばか》りや木こりだけが往来するような道を、どこがどこやら見当もつかずやみくもに進むうちに、とうとう道を間違えて、石巻という港に出た。大伴家持《おおとものやかもち》が「天皇《すめろぎ》の御代《みよ》栄えむと東《あづま》なる陸奥山《みちのくやま》に金《こがね》花咲く」と詠んだ、黄金の花が咲いているというあの金華山《きんかざん》が、はるか海上かなたに見え、数百という廻船《かいせん》が入り江につどい、人家がすきまなくびっしりと立ち並んで、煮炊きの煙がひっきりなしに立ちのぼっている。思いもかけずこんなところに来てしまったことよと、宿を借りようとするが、貸してくれる家が一軒もない。ようやくのこと貧しい小家《こいえ》で一夜を過ごし、夜が明ければまた知らない道を迷いゆく。袖《そで》の渡り、尾駮《おぶち》の牧、真野《まの》の萱原《かやはら》といった名所の数々を遠くに眺めやりながら、北上川《きたかみがわ》の長い堤を歩いていった。心細さをそそる長沼沿いの道を行き、戸伊摩《といま》というところに一泊し、翌日平泉に着いた。松島からの距離は、二十里あまりと思われる。

二八、平泉

藤原氏三代の栄華も邯鄲《かんたん》の一炊の夢のようなもので、今ははかなく消え失せ、平泉《ひらいずみ》館《のたち》の大門の跡は一里ほど手前にある。秀衡《ひでひら》の館《やかた》の跡は田や野原と化し、金鶏山《きんけいさん》だけが昔のままの形をとどめている。まず、義経の居館であった高館《たかだち》に登ってみると、眼下に北上川の眺望が広がるが、これは南部地方から流れてくる大河である。衣川《ころもがわ》は和泉《いずみ》が城《じょう》をめぐって流れ、この高館の下で北上川に合流している。泰衡《やすひら》らの藤原一族の旧跡は、衣《ころも》が関《せき》を隔てた向こう側にあり、南部口を固めて蝦夷《えぞ》の侵入を防いでいるように見える。それにしても、選《よ》りすぐりの忠義の臣たちがこの高館に籠もって戦ったのだが、そのいくさの功名もほんのいっときだけのもので、その跡は今や草むらと化してしまっている。「国破れて山河あり、城《じやう》春にして草青みたり」という杜甫《とほ》の詩を思い出しつつ、笠を敷いて腰を下ろし、時が経つのも忘れて涙を流していた。

夏艸《なつくさ》や兵共《つはものども》が夢の跡

（かつてこの地で義経の一党や藤原氏の一族が繰り広げた激戦の記憶も、夢まぼろしのごとく消え失せ、今やただ、夏草の生い茂る野が広がっているばかりだ）

卯《うの》花《はな》に兼房《かねふさ》みゆる白毛《しらが》かな　曾良

（この廃墟《はいきょ》に咲く真っ白な卯の花を見るにつけ、義経とともに戦って死んだ白髪の老雄、十郎権頭《ごんのかみ》兼房の悲痛な運命が偲ばれてならない）

かねてから話に聞いて驚嘆していた経堂と光堂《ひかりどう》の二堂が開帳していた。経堂には、この清衡《きよひら》、基衡《もとひら》、秀衡《ひでひら》という三代にわたる将軍たちの像が残されており、光堂には、三代の棺《ひつぎ》が納められ、さらに弥陀《みだ》、観音、勢至《せいし》の三尊の像を安置してある。もし放置されていたなら、堂内にちりばめられた七宝も散り失せ、珠玉を飾った扉も風に傷み、金箔を張った柱も霜や雪のために朽ちて、すべてが頽《くず》れ廃《すた》れ空虚な草むらと化してしまったはずなのに、四方を新たに囲い、瓦葺きの屋根で覆って風雨をしのげるようになり、かくしてなおしばしの間は、千年の昔を偲ぶかたみとして残ることとなったのである。

五月雨の降《ふ》り残してや光堂

（毎年降り注いで地にあるすべてを腐らせてゆく五月雨だが、あたかも燦然《さんぜん》と輝く金色の光に弾《はじ》かれるように、光堂にだけは影響を及ぼせないままだ）

二九、尿前《しとまえ》の関

北の南部地方への街道をはるかに眺めやり、平泉から南西に下って岩手《いわで》の里に泊まった。そこから小黒崎《おぐろざき》、美豆《みず》の小島といった歌枕を通り過ぎ、鳴子《なるご》温泉から尿前《しとまえ》の関にかかり、ここを越えて出羽国《でわのくに》へ入っていこうとした。この道は旅人が通るのはまれなところなので、関守りにあやしまれたが、やっとのことで関を越した。大きな山を登るうちに日はすでに暮れ、そこで国境《くにざかい》を守る人の家があるのを見かけて、宿を乞うた。三日間にわたって風雨が荒れ、何の興趣もない山中に滞在せざるをえなくなった。

蚤《のみ》虱《しらみ》馬《むま》の尿《ばり》する枕もと

（蚤や虱にたかられたうえ、枕元に馬が小便をする音が伝わってくる、そんな惨めな宿に泊まることになろうとは）

宿のあるじが、「ここから出羽国へ抜けるには、途中に大きな山があり、道がはっきりついていないから、道案内の人を頼んで越した方がいい」と言う。それならばということになり、案内人を頼んだところ、筋骨隆々とした若者が、反脇差《そりわきざし》を腰にさし、樫《かし》の杖を手に、わたしたちの先に立って行く。ここまで何とか大過なく来たが、今日という今日こそ、きっと危うい目にあうに違いないと、辛《つら》い思いでびくびくしながら、その後についてゆく。まさしくあるじの言ったとおりで、高い山には樹木がびっしり生い茂り、鳥の鳴き声一つ聞こえない。木の下の茂みは小暗く、まるで夜道を行くようだ。「雲端《うんたん》に土降る（雲の端から土砂混じりの風が吹き下ろしてくる）」と杜甫が詠んだようなありさまで、小笹《こざさ》のなかを踏み分け踏み分け、流れを渡り、岩につまずき、冷や汗を流して、ようやく最上《もがみ》の庄《しょう》に出た。案内をしてくれたその男は、「この道では必ず何かしらまずいことが起きるのですが、今日はつつがなくお送りすることができて、幸いに存じます」と言い、無事を喜んで別れていった。ことが終った後になって聞いた所懐なのに、それでも胸がどきどきするばかりであった。

三〇、尾花沢《おばなざわ》

尾花沢に清風《せいふう》という者を訪ねる。富者ではあるが、富者にありがちな、志の卑しさというもののない人物だ。都にも折々かよって、それだけに旅のなさけというものを心得ているので、わたしたちを何日も引き留め、長旅の労苦をいたわり、いろいろともてなしてくれた。

涼しさを我宿《わがやど》にしてねまる也《なり》
（この心地良い涼しさをわが宿とし、涼しさそのもののうちに宿るように感じつつ、膝をくずして気楽に座っている）

這《はひ》出《いで》よかいや(ひ)が下のひきの声
（蚕《かいこ》の飼屋《かいや》の下から蟇蛙《ひきがえる》の鳴き声が聞こえてくる。蟇蛙よ、そんな暗いところに引き籠もっていないで、こっちに出て来たらどうだ）

まゆはきを俤《おもかげ》にして紅粉《べに》の花
（紅の原料である紅花《べにばな》は色も名も女性の化粧を思わせるが、そう言えばこの花の形状からは、眉掃きの刷毛《はけ》が何となく連想される）

蚕《（蚕）こ》飼《がひ》する人は古代のすがたかな　曾良
（蚕を飼う人々の立ち居振る舞いには、古代人の習俗を偲ばせるところがある）

三一、立石寺《りつしやくじ》

山形領に立石寺という山寺がある。慈覚大師《じかくだいし》によって開かれた寺で、とりわけ清浄閑寂の地である。一見の価値はあると人々が勧めてくれるので、尾花沢から引き返してその立石寺へ行ったが、七里ほどの行程であった。寺に着いたとき、日はまだ暮れていなかった。ふもとの宿坊に宿を借りておいて、山上の本堂へ登る。岩々が幾重にも重なって山となり、松や檜《ひのき》や杉の年経た老木がそびえ、土や石も古びて、なめらかな苔がそのうえを覆っている。岩のうえに建てられたお堂は、どれも扉が閉まっていて、なかからは物音一つ聞こえてこない。崖のふちをめぐり、岩のうえを這うようにして、仏殿に参拝したが、佳景はひっそりと静まり返り、ただひたすら心が澄んでゆくという思いがせまる。

閑《しづか》さや岩にしみ入《いる》蟬《せみ》の声

（何という静けさだろう。岩のなかにしみ入ってゆくような蟬の声は、この静寂を破るどころか、蟬の声によって静寂はなおいっそう深まってゆくかのようだ）

三二、大石田《おおいしだ》

最上川を舟に乗って下ろうと思い立ち、大石田というところで舟旅に好適な日和《ひより》を待った。人々の言うには、「この土地にも古くから俳諧の種が播《ま》かれ、今でも忘れずに、俳諧が花を咲かせていた昔を懐かしんでおります。何しろ芦笛《あしぶえ》の一声が心をくつろがせるといった田舎の風流のことゆえ、俳諧の暗い道を手探り足探りでおずおずと進んでいきながら、新風か古風か、二つの道の間を踏み迷うありさまで、それもこれも、進むべき道を指し示してくれる導き手がいないからなのです」と。そう聞くと、やむにやまれぬ気持になり、この地の人々と連句を興行し一巻を残した。かくして今回の旅の風流は、はるか都から遠いこの辺地に、蕉風の種を播くという成果を挙げることにもなった。

三二、最上川

最上川は陸奥に発し、上流は山形領を流れる。中流には、碁点《ごてん》、隼《はやぶさ》などという恐ろしい難所がある。板敷山《いたじきやま》の北を流れ、はては酒田の海へ流れこむ。川の両岸には山がおおいかぶさるように迫り、木々の茂みのただなかを舟は下ってゆく。これに稲を積んだのを、稲船《いなぶね》と言うのであろう。白糸《しらいと》の滝は青葉のあいだを流れ落ち、仙人堂は川岸に臨んで建っている。満々たる奔流の勢いに、舟を進めるのがあやういほどだ。

さみだれをあつめて早し最上川《もがみがは》

（五月雨が降りつづくなか、流域の雨量のすべてを集めた最上川は、満々と水をたたえ、すさまじい急流となって一気に流れ下っている）

三四、羽黒山《はぐろさん》

六月三日（陽暦七月十九日）、羽黒山に登る。図司左吉《ずしさきち》という者を訪ね、その案内で別当代の会覚阿闍梨《えがくあじやり》に拝謁する。南谷《みなみだに》の別院に泊まって、阿闍梨より、憐憫《れんびん》の情こまやかな手厚いもてなしにあずかる。

四日、本坊で、俳諧の連句を興行する。

有難《ありがた》や雪をかほら（を）す南谷

（何と有難いことよ、この暑い盛りに、南谷を吹き抜ける薫風が、はるか霊山の名残りの雪の、涼やかな香を運んできてくれるのは）

五日、羽黒権現に詣でる。この山の開祖である能除大師《のうじよだいし》が、いつごろの御代の人であるのかはわからない。『延喜式』には「羽州里山《さとやま》の神社」と書かれている。書写の際に、黒の字を誤って里と書き、「里山」になってしまったのだろうか。また、「羽州《うしゆう》黒山」の「州」の字を略して「羽黒山」というのであろうか。この地方を出羽と呼ぶのは、鳥の羽毛をこの国からの貢ぎ物として朝廷に献上したからだと、『風土記』にはしるされているとか。

羽黒山は、月山《がっさん》、湯殿《ゆどの》山とともに出羽三山の一つである。この寺は、武蔵国江戸の東叡山寛永寺《とうえいざんかんえいじ》に属していて、天台宗でいう止観《しかん》(心を静寂に保ち明智をもって諸物の実相を観想すること)の教義が満月のように明らかなうえに、円頓融通《えんどんゆづう》(円満な心をもって悟りの境地に入り滞りなく諸法を観ずること)の法《のり》の灯火をかきたて、そこになおいっそうの明るさを添えている。僧坊があまた建ち並び、修験者たちは修行に励み、この霊山霊地のご利益《りやく》を、人々は崇《あが》め尊び、かつ恐れ謹んでもいる。この繁栄はとこしえに続くもので、まことに立派なお山と言うべきだ。

三五、月山《がっさん》

八日、月山に登る。木綿注連《ゆうしめ》を体にかけ、白木綿を巻いた宝冠で頭を包み、強力《ごうりき》という者に案内されて、雪や霧のたちこめる山気のなか、万年雪を踏んで登ること八里、ついには日や月の通い路にある雲間の関所に入ったかとあやしまれるほどで、息絶え絶えになり体は凍えきって、やっとの思いで頂上に着いたが、折りしも日が没して月が現われた。山小屋に笹を敷き、篠竹《しのだけ》を枕にして、横たわって夜明けを待つ。朝日が出て雲が消えると、湯殿山へ下った。

下山の途中、谷のかたわらに、鍛冶小屋《かじごや》というものがある。聞けば、かつてこの国の刀鍛冶が、霊水を選び、この地で心身を清めて穢《けが》れを払って剣を打ち、ついにおのれの名「月山」の銘を刻む名刀を鍛えあげて、世の称賛を浴びたという。中国の伝説の泉、龍泉の水を用いて剣を鍛えたという、あの名工干将《かんしょう》とその妻莫耶《ばくや》の昔を偲ばせる物語ではある。一道に秀でた者の、その道に対する執心の並々ならぬ深さがよくわかる。岩に腰かけ、しばし休息するうちに、高さ三尺ばかりの、つぼみが半分ほど開いた桜の木があることに気づいた。降り積む雪の下に埋もれていながら、春を忘れることのない遅桜《おそざくら》の、花の心がいじらしい。「炎天の梅花」が芳香を放つと漢詩に言う、季節はずれの花のけなげな心がここにもある。行尊僧正《ぎようそん》の「もろともに哀《あはれ》とおもへ山桜花よりほかに知る人もなし」という歌も思い出され、あわれの情趣がひときわ増すのを覚える。およそ、この湯殿山中に関する委細は、修験者の法の決まりごととして、他言することが禁じられている。それゆえわたしもこのあたりで筆を擱き、これ以上はしるすまい。

宿坊に帰ると、会覚阿闍梨の求めに応じて、出羽三山の巡礼にまつわる句を、それそれ短冊に書いた。

涼しさやほの三《み》か月《づき》の羽黒山

（ほのかに三日月の見えるこの羽黒山は、何と涼しく心地良いことだろう）

雲の峰幾つ崩《くづれ》て月の山

（夕空に峰のようにそそり立つあの雄大な入道雲は、今日一日、幾度崩れてはまたむくむくと湧きあがってきたのだろう。白々とした月光が降りそそぐこの月山もまた、霊妙な雲の峰の一つなのだろうか）

語られぬ湯殿にぬらす袂哉《かな》

（この湯殿山権現の尊さは、山の掟《おきて》によって他言がはばかられるので、ただ、その参拝は袂を涙で濡らすような感動をもたらしたとだけ言っておこうか）

湯殿山銭ふむ道のなみだかな　曾良

（湯殿山権現の参道にたくさんの賽銭《さいせん》が散らばっていても、それを拾おうと

する卑しい俗人などひとりもいない。銭を踏んで参拝しながら、この地の霊威の有難さに涙がこぼれた）

三六、鶴岡、酒田

羽黒山を発ち、鶴岡の城下町へ行き、長山重行《ながやましげゆき》という武士の家に迎えられて、俳諧の連句一巻を巻いた。図司左吉《ずしさきち》も一緒にこの町まで送ってきてくれた。鶴岡からは川舟に乗り酒田の港へ下る。ここでは渕庵不玉《えんあんふぎょく》という医師の家を宿とした。

あつみ山や吹浦《ふくうら》かけて夕すゞみ

（袖の浦の江上に舟を浮かべていると、南の温海山《あつみやま》から北の吹浦にかけて、広大な自然の内懐に抱かれながらの夕涼みが、まことに快い）

暑き日を海に入れたり最上川

（暑かった今日一日を最上川が海に流しこんでくれたおかげで、日が暮れるとともに心地良い涼しさがあたりに広がった）

三七、象潟《きさがた》

川や山、水や陸の佳景を数かぎりなく見てきたが、今や象潟にこそ美の極致を感得しようと、心を研ぎ澄ましているところである。酒田の港より北東の方角へ、山を越え、磯を伝い、砂を踏んで、十里の道を行き、日が西へだいぶ傾いたころ、象潟に到着したが、折りから潮風が砂を巻きあげ、降りしきる雨で景色は朦朧《もうろう》とけぶり、鳥海《ちょうかい》山《さん》も隠れて見えない。暗がりのなか、わたしはなすこともなく茫然《ぼうぜん》とし、なるほど「山色朦朧として雨も亦奇なり」（蘇東坡《そとうば》「西湖」）と詠《うた》われるように、雨中の景色にもそれなりにめずらかな風趣があるが、だとすれば雨上がりの晴れた景色の美しさはきっとまた格別であろうと、期待をかけて、漁師の粗末な小屋にやっと体を入れ、雨が上がるのを待った。

その翌朝、空は見事に晴れ上がり、朝日がはなやかに射しそめるころ、象潟に舟を浮かべた。まず能因島に舟をつけ、能因法師が三年間ひっそりと隠れ住んでいた跡を訪ね、さらにその向こう岸へ上陸すると、そこには西行法師が「象潟の桜はなみに埋《うづも》れてはなの上こぐ蜑《あま》のつり船」と詠まれた桜の老木があって、法師のかたみをいまに残している。水辺に御陵《みささぎ》があり、神功《じんぐう》皇后のお墓だそうだ。寺があり、名を干満珠寺《かんまんじゅじ》という。この地に神功皇后がおいでなされたという話はまだ聞いたことがない。ここにお墓があるのは、いったいどういう事情によるのであろう。

この寺の表座敷に座って、すだれを巻きあげると、風景が一望のもとに見渡され、南に、鳥海山が天をささえるように高くそびえ、その山影が水面にくっきりと映っている。西は、うやむやの関に通じる街道が途中まで見え、東に、堤を築いて秋田に通じる道が遠くつづいている。海は北にひかえて、波が潟へ打ち入ってくるところを汐《しお》越《こし》と呼ぶ。入り江の広さは縦横それぞれ一里ばかり、そのおもかげは松島にかようところがあり、また相違するところもある。松島は笑うがごとく、象潟は憂《うれ》えるがごとしとでも言おうか。寂しさに悲しみを加えて、この象潟の地の表情には魂を悩ませるような気配がある。

象潟や雨に西施《せいし》がねぶの花

（雨にけぶる象潟は、濡れそぼった合歓《ねむ》の花を思わせ、そこからはまた、あの春秋時代の越《えつ》の美女西施が憂わしげに目をつむったさまも想像される）

汐越《しほこし》や鶴《つる》はぎぬれて海涼し

（汐越のあたりに鶴が降り立っているが、その長い脛《はぎ》に浅瀬の水がひたひたと打ち寄せ、涼しげな海景をつくりだしている）

祭礼

象潟や料理《れうり》何くふ神祭《かみまつり》　曾良

（象潟は折りから神祭りの最中だが、ここではお祭り料理としてどんなご馳《ち》走《そう》を食べるのだろう）

蜑《あま》の家《や》や戸《と》板《いた》を敷《しき》て夕すゞみ　美濃国《みののくにの》商人《あきんど》低耳《ていじ》

（海岸の貧しい漁師の家々では、縁台代わりの戸板を浜に敷き、夕涼みを楽しんでいる）

岩上《がんしやう》に雎鳩《みさご》の巣を見る

波こえぬ契《ちぎり》ありてやみさごの巣　曾良

（岩のうえにみさごが巣を作っている。雌雄の愛情が濃《こま》やかなことで有名なこの鳥の雌雄が結んでいる固い夫婦の契りは、「末の松山浪こさじとは」と古歌に詠われたように、この岩は決して波に洗われることはないという約束にも通じているのだろうか）

三八、越後路《えちごじ》

酒田の人々と名残りを惜しむのに日数《ひかず》を重ねていたが、北陸道《ほくろくどう》の雲のかなたを遠く望みつつ、ようやく出立することになった。前途はるかの思いに胸が痛み、聞けば加《か》賀《が》の国府金沢まで百三十里もあるということだ。鼠《ねず》の関を越えると、そこで出羽国を出て、越後国《えちごのくに》にまた新たな歩みを進めることになる。やがて、越中国《えつちゆうのくに》の市振《いちぶり》の関に至った。ここまで九日の道中は、暑気や雨の苦労で心を悩ませ、病気になったりもしたので、道中の出来事を書き留めなかった。

文月《ふみづき》や六日も常《つね》の夜《よ》には似ず

（もう初秋七月も六日となった。七夕の夜を明日に控えていると思うと、今宵六日の夜もふだんの夜とは異なった気配があるようだ）

荒海や佐渡によこたふ天河《あまのがは》

（荒波のとどろくこの暗い海のかなたには佐渡ヶ島があり、天を仰ぐと、その佐渡に懸かるようにして、今宵牽牛《けんぎゅう》・織女《しょくじょ》の二星が相会う、壮麗な天の川が横たわっている）

三九、市振《いちぶり》

今日は、親しらず子しらず、犬もどり、駒返《こまがえ》しといった北国いちばんの難所を越え、疲れたので、枕を引き寄せ早くから床に入っていると、襖《ふすま》一枚へだてた表側の部屋に、若い女ふたりばかりの声が聞こえる。年の寄った男の声も混じって、話をしているのを聞いていると、越後国の新潟というところの遊女であった。伊勢神宮に参拝するということで、この関まで男が送ってきたのだが、明日はその男が別れて故郷へ帰るので、男に持たせてやる手紙をしたため、ちょっとした言づてなどをしているところだった。「『白浪《しらなみ》のよするなぎさに世をすぐすあまの子なれば宿もさだめず』と古歌にある、ところ定めぬ漁師のような浅ましい境遇に身を落とし、夜ごとに違う客と枕の契りをかわして、こんな日々をおくることになろうとは、前世でのどんな悪い所業の因縁がたたっているのでしょうね」などと嘆いているのを、聞くともなしに聞きながら寝入ってしまった。翌朝、出立しようとしているわたしたちに向かって、その女たちが、「道筋もわからないこれからの旅のゆくえを思うと、気が重くてやりきれず、不安と悲しみで胸ふたがるようでございます。遠くから見え隠れにでも結構ですので、あなたがたのお跡について参ろうと存じます。僧衣をお召しのお坊さまのお情けで、どうかわたくしどもにも仏さまのお慈悲をお分かちになり、仏道に入る縁を結ばせてくださいませ」と言って涙を流す。不憫《ふびん》なこととよと思いはしたが、「わたしたちはところどころで長逗留することが多いのです。ただ人々が歩いてゆくとおり、そのあとについてお行きなさい。伊勢に祀られた天照大神《あまてらすおおみかみ》のご加護を受け、きっとご無事に旅を終えられることでしょう」とそっけなく言い捨てて、宿を出てきてしまった。可哀《かわい》そうなことをしたという思いが、その後しばらく収まらなかった。

一家《ひとついへ》 に 遊 女 も 寐《ね》 た り 萩《はぎ》 と 月

（僧形の風狂人と遊び女《め》とが同じ宿に泊まるという、不思議な巡り合わせになるのも旅の一興か。夜半、ふと外を見ると、静かな月の光を浴びて紅紫色

の萩の花が咲いている)

という句をつくって曾良に誦詠《しょうえい》すると、曾良はそれを書き留めてくれた。

四〇、那古《なご》

下流でこまかく川岐《かわわか》れする黒部川は、四十八ヶ瀬とか言われるが、その名のとおり、数知れぬ支流の川々を渡り、那古という浦に出た。歌枕である担籠《たご》の藤は、たとえ花の咲く春でなかろうと、きっと初秋には初秋なりの情趣をたたえ、訪ねてみるだけの価値はあろうと思い、土地の人に尋ねてみると、「ここから五里、磯を伝って行き、向こうの山陰に入ったところですが、漁師の苫葺《とまぶ》きの貧相な家しかない寂しいところですから、一夜の宿を貸してくれる者もおりますまい」とおどかされたので、担籠へ行くのはあきらめ、加賀国《かがのくに》に入った。

わせの香や分入《わけいる》右は有《あり》そ海《うみ》

(早稲《わせ》の香につつまれながら、田中の道を踏み分け、わたしはいよいよ加賀

国に歩み入ろうとしている。右手の方角には有磯海が広がっているはずで、この旅で一見がかなわなかったのはまことに残念だ）

四一、金沢、小松

卯の花山、倶利伽羅峠《くりからとうげ》を越え、金沢に着いたのは七月十五日（陽暦八月二十九日）のことであった。ここに大坂から通ってくる商人《あきんど》で、何処《かしょ》という俳号も持つ者が、折りよく居合わせて、その宿に一緒に泊まった。

当地の一笑《いっしょう》という俳人は、風流の道に熱心だという評判がいつしか聞こえてきて、世間でも名が知られていたが、去年の冬、若死にしたそうで、その兄がわたしの金沢訪問をきっかけに追善の句会を催したのに際し、次のような句を詠んだ。

塚もうごけ我《わが》泣《なく》声は秋の風

（わたしの慟哭《どうこく》の声は、秋風に乗ってあなたの墓を吹きめぐっている。この慟哭、この秋風に感じて、どうか墓も動いてくれ）

ある草庵にいざなはれて

秋すゞし手毎《てごと》にむけや瓜《うり》茄子《なすび》

（初秋の心地良い涼気のなかで、とれたての瓜や茄子《なす》を食べるのは何よりのご馳走だ。素朴だが心の籠もったこのもてなしに感謝しながら、さあ、こっちも気取りを捨て、みんなてんでに自分で皮を剝《む》いて、美味《おい》しくいただくことにしようよ）

途中吟

あか〳〵と日は難面《つれなく》も秋の風

（残暑の太陽は赤々と、無情に容赦なく照りつけてくるが、それでもあたりにはいつの間にか涼しい風が立ちはじめ、季節は確実に秋になろうとしている）

小松と云所《いふところ》にて

しほらしき名や小松吹《ふく》萩すゝき

（小松とは何と可憐《かれん》な地名だろう。その名のとおり可愛らしい小松が生えて

いて、その間を吹き抜ける秋風が、萩や薄をなびかせている）

この小松にある多太《ただ》神社に参詣する。斎藤実盛《さねもり》の遺品の兜《かぶと》や錦《にしき》の鎧直垂《よろいひたたれ》の切れ端が所蔵されている。その昔、実盛が源氏に仕えていたころ、源　義朝《みなもとのよしとも》公から賜ったものだとか。なるほど、並みの侍の持ち物ではない。目庇《まびさし》より吹返《ふきかえ》しまで、菊唐草《きくからくさ》の彫り紋様に黄金《こがね》をちりばめ、鉢には龍頭《たつがしら》の金具を飾り鍬形《くわがた》が打ってある。実盛が討ち死にしたのち、木曾義仲《きそよしなか》が、祈願状にこの二つの遺品を添え、多太神社に奉納されることになったいきさつ、樋口《ひぐち》の次郎がその使者としてやって来た次第などが、神社縁起にしるされており、往時を眼前に髣髴《ほうふつ》させてくれる。

むざむ（ん）やな甲《かぶと》の下のきりぎす

（老雄実盛がこの兜をかぶって奮戦し、非業《ひごう》の死を遂げたことを思うと、無惨の念にたえないが、しかしそれもこれもすべて遠い過去となり、いまはただ兜の下に身をひそめるコオロギが、かぼそくひっそりと鳴いているばかりだ）

四二、那谷寺《なたでら》、山中温泉

山中温泉へ行く途中は、白根ヶ岳《しらねがたけ》（白山）を後方に仰ぎ見つつ歩いてゆく。左手の山ぎわに観音堂がある。花山《かざん》法皇が西国三十三ヶ所の観音堂の巡礼をなし遂げられたのち、ここに大慈大悲の観世音菩薩像を安置なさり、那谷寺と名づけられたということだ。那智《なち》、谷汲《たにぐみ》からそれぞれ一字ずつ取って付けられた名前だという。境内には奇岩がさまざまな形で打ち重なり、松の古木が並んで生え、萱葺《かやぶ》きの小さなお堂が、岩山のうえに懸け造りにしてあって、何とも尊くすばらしいところである。

石山の石より白し秋の風

（那谷寺の岩山はその白さで参拝者の目を驚かせるが、それよりもっと白いものがあり、それはこの寺の打ち重なる奇岩の間を吹き抜けてゆく秋風にほかならない）

山中温泉に入浴する。この温泉の効能は有馬温泉に次ぐほどだという。

山中や菊はたおらぬ湯の匂《にほひ》(を)

（菊よりも香ばしい山中温泉の湯に入ると、寿命が延びるようで、これなら長寿の妙薬と伝えられる山路の菊を手折《たお》る必要もない）

宿のあるじは久米之助《くめのすけ》といい、まだ少年である。この少年の父は俳諧を好み、昔、京の俳人の貞室《ていしつ》がまだ未熟な若輩で、この地にやって来たころ、俳諧のことでこの少年の父から辱めを受けた。貞室は京に帰って発奮し、松永貞徳の門人となって道に励み、世に名を知られるようになった。そういうわけで、功成り名遂げたのちも貞室は、この山中村の人々からは、俳諧の点料を受け取らなかったそうである。それもこれも、今となっては昔語りとなってしまった。

四三、全昌寺《ぜんしょうじ》

曾良は腹の病気になり、伊勢国《いせのくに》の長島というところに縁者がいるので、そこへ一足先に行くことになり、

ゆき〳〵てたふれ伏《ふす》とも萩の原　曾良

（ここからは孤独な行路をたどることになるが、病が癒《い》えずたとえどこかで野垂れ死にすることになろうとも、その場所は、あくまで風流人にふさわしい萩の花咲く野原であろうから、悔いるところはない）

という句を書き置いて、出立していった。先に行く者の悲哀あり、後に残された者の無念あり、あたかも行をともにしてきた二羽の鳧《けり》が一羽一羽に別れ、雲間に迷うような心許《こころもと》なさである。わたしもまた、次の句で曾良に応えた。

けふよりや書付《かきつけ》消さん笠の露

（ここまで笠の裏に「乾坤《けんこん》無住同行二人《どうぎょうににん》」と書きつけてきたが、今日からひとり旅になるのだから、「同行二人」の文字は、わたしの涙ともつかぬ、笠におく露で、消さなくてはなるまい）

大聖寺という城下町のはずれにある全昌寺という寺に泊まる。ここはまだ加賀の地のうちである。曾良も前夜この寺に泊まったらしく、

終夜《よもすがら》秋風聞《きく》やうらの山

（一晩中寝つかれずに、裏山に吹く秋風を聞いていると、師翁と別れてひとりになった淋しさがそくそくと迫ってくる）

という句が残されていた。たった一夜《いちや》のへだたりだが、千里離れているのも同じである。わたしも同じ秋風を聞きながら、修行僧の寮舎の床に臥《ふ》したが、あけぼのの空が白むころ、読経の声が澄みわたり、やがて朝食を知らせる鐘板《しょうばん》が鳴って、食堂《じきどう》に入った。今日は加賀から越前国《えちぜんのくに》へ越えるのだと、せわしない気持で堂を降りてゆくと、若い僧たちが、紙や硯《すずり》をかかえ、ぜひ一句をと、わたしを階段の下まで追いかけてきた。折りから庭の柳が葉を散らせたので、

庭掃《はき》て出《いで》ばや寺にちる柳

（寺を出立しようとすると、ちょうど庭に柳葉が散った。一夜お世話になったお礼に、せめてこの落ち葉を掃き清めてからお暇《いとま》することとしよう）

という句を、とりあえず即興で詠み、草鞋を履いたまま、推敲《すいこう》も加えずに書き与えた。

四四、汐越の松

加賀国と越前国の国境《くにざかい》にある、吉崎《よしざき》の入り江を、舟に乗って渡り、汐越の松を訪ねる。

終夜《よもすがら》 嵐に波をはこばせて
月をたれたる汐越の松　西行

(一晩中、嵐が波をはこんで、潮のしぶきを浴びた松は、枝から水の雫をしたたらせ、そのさまはまるで月の光がしたたり落ちているかのようだ)

この歌一首で、汐越の松の数々の佳景は描き尽くされている。これ以上ひとことでも言葉を加えるのは、荘子のいわゆる「無用の指(六本目の指)」を立てるのに等しかろう。

四五、天龍寺《てんりゅうじ》、永平寺《えいへいじ》

丸岡にある天龍寺の住職は、古くから縁のある人なので、訪ねることにした。また、金沢の北枝《ほくし》という者が、ほんのそのあたりまでお見送りしましょうと言い、わたしのあとに慕いついてきて、結局ここまでやって来てしまった。この者、ところどころの風景を見過ごすことなく、じっと句を案じつづけ、折りにふれ情趣深い発想の句を聞かせてくれたものだ。いま、いよいよ別れるにあたって、わたしも一句詠んだ。

物書《かき》て扇引《ひき》さく名残《なごり》哉

（いま別れに際し、あなたとの間が引き裂かれるようで、悲しく、名残りは尽きない。この痛惜の思いを乗り越えるために、ちょうど夏が過ぎ扇を捨てる時候でもあるから、白扇に記念の句を書き、それをきっぱりと引き裂いて、その半分をあなたへの餞別としよう）

街道から逸れ、五十丁ほど山に入って、永平寺を礼拝した。道元禅師《どうげんぜんじ》が開かれたお寺である。都に近い土地を避け、わざとこのような山陰に立派な事蹟《じせき》をお残しになったのも、禅師の尊いご配慮のゆえだという。

四六、福井

福井までは三里ばかりしかないので、夕飯をすませてから出かけたが、たそがれどきの道は足元がおぼつかなく、なかなかはかどらない。この福井に等栽《とうさい》という古くからの隠士《いんじ》がいる。いつの年だったか、江戸に来て、わたしを訪ねてくれたことがある。もうはるか十年余りの昔の話だ。いまはどれほど老いさらばえてしまっただろう、それとももう死んでしまっただろうかと、土地の人に尋ねてみると、まだ存命でどこそこに住んでいると教えてくれた。町中のひっそりと人目を避けた裏道に、みすぼらしい小家があり、夕顔や糸瓜《へちま》が蔓《つる》を伸ばして絡み合い、鶏頭や箒草《ほうきぐさ》は生い茂って戸口が隠れるほどだ。さてはこの家に違いあるまいと、門をたたくと、わびしげな風体の女が出てきて、「どちらからおいでのお坊様でしょうか。主人は、この近所のなにがしという者の家に行きました。もしご用ならそちらをお訪ねください」と言う。等栽の妻であろうとわかった。こうしたなりゆきには、昔の物語にあるような興趣がみなぎっていることよと、面白がりながら、やがて等裁を尋ねあて、その家に二晩泊まったのち、八月十五日の名月は敦賀《つるが》の港で眺めようと、福井を発った。等裁も、敦賀までご一緒してお見送りしましょうと、着物の裾をおかしな恰好にからげ、さあ道案内いたしますと、浮かれ気分になっている。

四七、敦賀

歩いてゆくにつれ、しだいに白根ヶ岳が隠れ、かわりに比那《ひな》ヶ岳（日野山）が見えてきた。浅水《あそうず》の橋を渡り、歌枕の玉江に来ると、古歌によく詠まれた芦はもう穂を出していた。鶯《うぐいす》の関を過ぎ、湯尾峠《ゆのおとうげ》を越えれば、燧ヶ城《ひうちがじょう》があり、帰山《かえるやま》では初雁の声を聞いて、十四日の夕暮れ、敦賀の港に着いて宿をとった。

その夜、空は晴れて月は格別の美しさだった。「明日の夜もこんなでしょうか」とわたしが問うと、宿のあるじは、「空模様の変わりやすいのがこの北陸路のつねですから、明《みよう》十五夜の空が晴れるか曇るか、それはさあ、何とも言えませんな」と答え、酒を勧めてくれた。その後わたしは、気比《けひ》明神に夜参りをした。ここは仲哀《ちゆうあい》天皇の御《ご》廟《びよう》である。社殿のあたりは神々しく、松の木の間から洩《も》れ射してくる月の光に照らされ、神前の白砂《はくさ》はいちめん霜をおいたように見える。宿のあるじの語ることには、「その昔、遊行二世の上人《しょうにん》が、大願を発起し、みずから葦《あし》を刈り、土石を運び、泥沼を干上がらせたのです。以来、参詣のための行き来にわずらいがなくなりました。この故事は今なお生きていて、代々の遊行上人は神前に砂を担いでおいでになります。この行事を遊行の砂持《すなもち》と申します」と。

月清し遊行のもてる砂の上

（遊行上人がご自身で担いで運んでこられるという神前の白砂のうえに、今宵十四日の月が清らかな光をそそいでいる）

明十五日は、宿のあるじの言葉にたがわず、雨降りだった。

名月や北国《ほっこく》日和《びより》定《さだめ》なき

（あいにくの雨で見ることがかなわなくなってしまった名月の美しさが、しきりと偲ばれてならない。北国の空模様の、何と無情な変わりやすさよ）

四八、種《いろ》の浜

翌八月十六日（陽暦九月二十九日）、空が晴れたので、西行が「汐そむるますほの小貝ひろふとて色の浜とはいふにやあるらん」と歌に詠んだ、そのますほの小貝を拾おうと、種の浜へ舟を走らせる。敦賀からは海上七里の先にある。天屋《てんや》なにがしという者が、破籠《わりご》や小竹筒《ささえ》など、心尽くしの酒食を用意させ、たくさんの使用人を舟に乗せ、行楽の手はずを整えてくれた。舟は追い風に吹かれ、たちまちのうちに着いた。種の浜はみすぼらしい漁師の小家があるだけのところで、浜の外にはさびれた法華寺《ほっけでら》がある。その寺で茶を飲んだり、酒を温めて酌み交わしたりしていると、秋の夕暮れの寂しさがしみじみと胸に迫ってきた。

さびしさやすまにかちたる浜の秋

（須磨の秋の情緒は古来、歎賞《たんしょう》されてきたが、この種の浜の秋の寂しさは、それにまさる興趣をたたえている）

波の間《ま》や小貝にまじる萩の麈《ちり》（塵）

（寄せてくる波が引いた合い間に渚を見ると、ますほの小貝にまじって萩の花くずが散り敷いている。小貝の淡紅、萩の紅紫に彩られ、まこと種の浜はその名にふさわしい）

その日のあらましを等栽に書き留めさせ、寺に残す。

四九、大垣

露通《ろつう》も敦賀の港まで出迎えに来てくれ、連れ立って美濃国《みののくに》へ向かった。馬に乗せてもらい、大垣の町に入ると、折りから曾良も伊勢から来て合流し、越人《えつじん》も馬を急がせて駆けつけ、一同は如行《じょこう》の家に集まった。前川子《ぜんせんし》、荊口《けいこう》父子、その他親しい人々が、昼も夜も訪ねてきて、てっきり死んだはずと思っていたら生き返ってきた者に会うように、わたしの無事を喜んだり、旅の労をねぎらってくれたりする。ここまでの長旅の物憂さもまだ晴れていないのに、九月六日（陽暦十月十八日）になったので、十日の伊勢の遷宮式を拝観しようと、また舟に乗って出立する。

蛤《はまぐり》のふたみに別行《わかれゆく》秋ぞ

（これから伊勢の二見ヶ浦《ふたみがうら》へ赴こうとしているわたしは、離れがたい蛤の蓋《ふた》と身が別れるように、親しい人々とまた離れ離れになってゆく。ものみな枯れてゆく晩秋の寂寥感《せきりょうかん》のなか、離別の辛さがひとしお身にしみる）

百句

波の花と雪もや水にかえ（へ）り花

『如意宝珠《にょいほうじゅ》』一六六八年（寛文《かんぶん》八）

雪片が水面に触れてほろりと溶けるはかなさに、波・花・雪という三字が切り結ぶ一瞬を透視し、その衝突に「かえり花」の意外性を重ね合わせる。「かえ（へ）り花」は春夏に一度咲いた花が季節外れに狂い咲く現象。さらに、雪に「往《ゆ》き」を掛け、花の「返り＝帰り」に照応させるという遊びまで盛り込んでいるあたり、手が込んでいるが、才に溺れ底の浅い言葉弄《いじ》りに堕していると言い棄《す》てることもできる。そもそも「波の花」は白波の美称、「雪の花」も雪の美を讃える常套句《じょうとうく》だから、いずれにせよすべてがブッキッシュな言語遊戯の埒内《らちない》にとどまっており、芭蕉はまだ芭蕉になってはいない。良かれ悪しかれ貞門《ていもん》俳諧の人工美学の一典型であって、定型を一ひねりしてやろうという野心だけに拘《かかずら》っている、才走った青年の得意顔が透けて見える（当時芭蕉は二十五歳）。才の代償を、「雪もや水に」といった理に落ちた声調の不器用で支払う羽目に陥っているが、青年の眼《め》には、音律の滞り自体も句の手柄の一つと観じていたかもしれない。とはいえ、雪のひとひらひとひらがほろほろ溶けてゆくたび、そこに狂い咲きの花のイマージュが立ち上がってくる光景にむろんそれなりの雅趣はあり、芭蕉の出発点を劃《かく》する習作群のうちでは佳句の一つであろう。〈雪＝冬〉

雲を根に富士は杉なりの茂《しげり》かな

『続連珠』一六七六年（延宝《えんぽう》四）

「杉なりの」は、頂上が尖《とが》って地面に向かって左右に広がる杉の木の枝振りのような、の意。芭蕉は寛文三年、西山宗因《そういん》を迎えて江戸で催された百韻の興行に加わり、それまでの実名宗房《むねふさ》に代えて初めて「桃青《とうせい》」の号を用いている。貞門派に代わる新風として出現した宗因率いる談林《だんりん》派の、奇抜な趣向や大胆な見立てに影響を受けていた一時期の句。形状の連想から富士山を杉の大樹に見立てるのはそれなりに面白くないではないが、その寓喩《ぐうゆ》一つだけでは一句の興趣はもたない。眼目はあくまで上五の「雲を根に」にある。ありきたりの木なら雲は樹上の高空に浮かんでいるのがふつうだし、相当な高木巨木の場合でもせいぜい樹冠に雲がかかっている程度だろうが、富士という大樹は雲自体を根とし、その上にさらに聳《そび》え立っているというのである。発想の観念性は覆うべくもないが、「不二《ふじ》」の山に日本人が古来託してきた鑽仰《さんごう》の念を、比喩の突飛を恐れず、どこまでも上昇してゆく植物的生命力に託して表現したこの一句の、柄の大きな詠みぶりはすがすがしい。当時は江戸の街中からさえ容易に富士山を遠望できたこと――だから富士見のつく地名が各所に残る――を思い出しておく必要があろう。〈茂＝夏〉

夏の月ごゆより出《いで》て赤坂や

『俳諧向之岡』一六七六年（延宝四）

御油《ごゆ》宿と赤坂宿（現在はともに愛知県豊川市）との距離はたった十六町（約一・七キロメートル）で、東海道五十三次中、最短である。夏の月が、ついさっき御油を出て、赤坂にさしかかったと思うや、もうあたりには暁光の気配が満ち、空では月影も薄れかけている。月を心行くまで賞翫《しょうがん》し、感興をじっくりと味わうゆとりもなく、夏の夜はあっという間に明けてしまうのだな、と惜しんでいる。短夜《みじかよ》のはかなさは万葉以来の和歌の伝統的な主題だが、具体的地名を出し、ついさっき宿を発ったと思ったらもう次の宿場町に着いてしまったのか、何と呆気《あっけ》ないものだなと、安堵《あんど》と物足りなさとにともども浸っている旅人の実感に即しつつ、常套的《じょうとうてき》な歌情のトポスをざっくばらんに詠み砕いてしまったところに、新鮮な俳味がある。「ごゆ」に五夜、五更（午前四時頃）、「あかさか」に明ける、あかつきの含意があると説く注釈があり、蕉風確立以前の芭蕉にその種の談林俳諧流の洒落《しゃれ》に興じる意図がなかったとは言い切れないが、そうした手の込んだ言葉遊びを読みこむとかえって句柄が小さくなってしまうだろう。単に、とりたてて名だたる歌枕というわけでもない平凡な地名二つを大胆に出し、その間の近さを面白がっているのが見どころとだけ読んでおけば、それで十分な句だと思う。〈夏の月＝夏〉

秋来にけり耳をたづねて枕の風

『江戸広小路』一六七七年（延宝五）

藤原敏行《ふじわらのとしゆき》「秋来ぬと目にはさやかに見えねども風の音にぞ驚かれぬる」（『古今和歌集』）以来、風の音から立秋を感知するという発想自体はとっくのとうに因習化している。それをどうずらし、何を付け加えることをもって俳味となすか。一つは、風が秋の使者として人を訪問する、それも枕元というもっともプライベートな場所にまで、という擬人法の趣向に籠められた、親密性の感触である。風はここでは、その唐突な唸《うな》りによって人を「驚か」すような冷淡な他者ではなく、一年の無沙汰の後、またふたたび人懐かしさの表情を湛《たた》えて訪ねてくる親しい客であり友なのだ。この「近さ」が芭蕉が加えた独創の一である。その二は、風が人の身体のそんな近くにまで到来した以上当然ながら、ここで人は、風を単に聴いているだけではなく、それに触れ、夏の風になかったそのひんやりした感触におののいている。伝統的な詩的トポスとしての秋風は聴覚記号に還元されており、だからここでもそれが訪ねてきた先は当然人の耳元ということになっているが、ただし、「風」とのみ言って「音」の字をあえて排しているところが一句の眼目であろう。聴覚的というよりむしろ触覚的な他者としての風が、閨《ねや》の枕元を訪れ、まるで愛撫《あいぶ》でもするように耳朶《じだ》をくすぐってくる。そこに仄《ほの》かなエロスさえ漂い出す。〈秋来る＝秋〉

行《ゆく》雲《くも》や犬の欠《かけ》尿《ばり》むらしぐれ

『六百番発句合』一六七七年（延宝五）

駆け尿《ばり》は、犬が走りながらときどき立ち止まって小便をすること。叢時雨《むらしぐれ》は、晩秋から初冬にかけて、ひとしきり降っては止《や》み、止んではまた降る雨である。時雨を小便に、ないし小便を時雨に譬《たと》える修辞法自体は、「しししし若子《わこ》の寝覚の時雨かな」（西鶴『両吟一日千句』）等、談林俳諧特有の尾籠な滑稽味の表現としてとりたてて目新しいものではない。ここでの芭蕉の趣向は、言うまでもなく犬のイマージュの導入にある。上五の運動感、下五の間歇的《かんけつてき》な時間感覚、その間をときどき尿を漏らしつつ疾走しつづける犬の形姿で繋《つな》ぐことによって、雲の速さと雨の気紛れな突発性のともどもがいっそう際立った野性の強度をまとう。他方、犬は犬で、雲と化して走り雨のように尿《いばり》するコスミックな生命体へと昇華される。瘦《や》せた野良犬のあてどない彷徨《ほうこう》がかくして一種宇宙的なスケールを帯び、汚穢《おわい》も清浄もない無差別＝無差異の空間に人を目覚めさせるさまは、荘子的とも言えるし、また「いまわたしのまなびたいことは／木枯の電柱の暗い下で／股の周辺を汚物でぬらしながら／怒りに吠える／匿名の犬の位置へ至ることだ」（吉岡実「犬の肖像」、詩集『静物』所収）のような現代詩のヴィジョンにも接近する。〈しぐれ＝冬〉

よるべをいつ一葉《ひとは》に虫の旅ねして

『東日記《あづまのにき》』一六八〇年（延宝八）

延宝八（一六八〇）年は、『桃青《とうせい》門弟独吟二十歌仙』が四月に刊行され、それが示すようにすでに江戸で一勢力をなしかけていた芭蕉が、にもかかわらず冬になって卒然として日本橋小田原町より江東・深川村の草庵《そうあん》へ転居、宗匠生活からの隠退を決めた転機の年である。三十七歳になった芭蕉は、以後、談林俳諧を離れ、独自の超俗と枯淡の境地をめざす。この句が踏まえているのは、古代中国の貨狄《かてき》が蜘蛛《くも》が柳の一葉に乗るのを見て舟を発明したという故事で、これは観阿弥《かんあみ》作の謡曲『自然居士《じねんこじ》』に引かれている。「よるべをいつ」の表現も謡曲に散見されるが、この字余りを上五に据え、「寄る辺」となるべき岸にいったいいつ辿《たど》り着けるのかといきなり歎《たん》じた発声は強い。一葉舟で旅する虫に自分を仮託するという発想には、すでに談林調の観念的な寓喩《ぐうゆ》を超えた、なまなましい実感が籠もっている。この旅寝の心許《こころもと》なさ、よるべなさに上述のような転居の事情を透視すれば、一句の興趣はますます深まるだろう。犬にも虫にも自在に自分を溶けこませ、生のとりとめのない不安定を肯定するという自然観が芭蕉の本領である。「一葉」は「桐一葉」の定型表現にも通じ（一葉落ちて天下の秋を知る）、やがて訪れる衰滅（老い）の予兆を暗示する。ただしこの句の「一葉」は桐ではなくやはり舟の形状に通じる細長い柳葉と解するべきだろう。〈一葉／虫＝秋〉

枯枝に烏《からす》のとまりたるや秋の暮

『東日記』一六八〇年（延宝八）

『新古今和歌集』の「三夕の歌《さんせき》」以来、「秋の夕暮」は日本の詩情の伝統的なトポスである。「三夕」のうち定家《ていか》の「見わたせば花も紅葉《もみぢ》もなかりけり浦の苫屋《とまや》の秋の夕暮」がこの句の世界にもっとも近接しているのは見やすいが、枯枝に烏を配した色のない世界の興趣それ自体にしたところで、水墨画の「寒鴉《かんあ》枯木《こぼく》」の画題に即しているだけで、さしたる独創はない。この句がそそる興はひとえに中七の甚だしい、無体とさえ言えよう三字余りにある。「たり」は完了の助動詞と言われるが、もともと「てあり」から来たという由来からも判明な通り、英語の現在完了と同じくいったん完了した事態が現在なお進行中であるという持続感に要点がある。始まりも終りもないモノクロームの閑寂が、今現に眼前に持続している。その持続を奔放な字余りによるやまだるっこしいたゆたいに託したうえで、それを切れ字「や」の一閃《いっせん》で断ち、スナップショットを切り取ってみせた勢いに一句の妙がある。この「烏のとまりたるや」

は『東日記』に収められた初案で、『ほの〳〵立』では「烏とまりたりや」とあり、さらに後年『曠野《あらの》』（元禄二年）収録の際に「烏のとまりけり」に改められた。助動詞「けり」に関して大野晋《おおのすすむ》は、単に過去というよりむしろ回想ととるべきで、「そういう事態なんだと気がついた」という意味であり、その気づきに驚きや詠嘆が伴う場合が多いと説明している（『岩波古語辞典』）。迷いつつあれこれ字句の手直しを重ねるうちに時日が過ぎ、推敲《すいこう》に費やした時間の背後に「寒鴉枯木」の絵が遠ざかっていったが、その遠景へと回想的に眼を凝らしてみるや、烏が枝に降り立つ瞬間がふと見えた。そう考えれば『曠野』の改案もそれなりに面白い。〈秋の暮＝秋〉

いづく霽傘《しぐれカサ》を手にさげて帰る僧

『東日記』一六八〇年（延宝八）

張読《ちょうどく》「閑賦」の「蒼茫《さうばう》たる霧雨《むう》の霽《はれ》たる初め、［中略］晩寺に僧帰る」（『和漢朗詠集』）を踏まえる。「帰る僧」の詩情には典拠があるにせよ、その僧の手にもはや無用となった畳んだ傘を持たせたところが俳人の眼であろう。時雨《しぐれ》は局所的に、また間歇《かんけつ》的《てき》に降る雨である。このあたりには雨の気配もなかったのに、いったいどこで降られてきたのだろうと、想《おも》いを過去に、また遠方に投げている。見ず知らずの他人なのに、僧の身の上にそんな想像力を働かせることで、自他の間にそこはかとない親密が生まれるのを愉《たの》しんでもいる。中七を単に「傘を手にさげ」とすることもできたし、そうすれば字数は合うが、あえて接続助詞「て」を添えて動作をいったん区切り、その区切りによって情景に籠もった時間が一拍たゆたうのが面白い。そのたゆたいから改めて、降ったり止んだりの気紛れによって人を翻弄する冬の時雨の定めなさへも想いが誘われる。実際に体験したわけではない自然現象が、濡れたまま畳まれた傘という記号（記号学者パースの三分類で言えば「アイコン」でも「シンボル」でもない「インデックス」）によって指示されているわけで、一見、僧の句だが、むしろ僧を手掛かりとして不在の時雨を詠んだ句と受け取った方が興が深かろう。〈霽＝冬〉

石枯《かれ》て水しぼめるや冬もなし

『東日記』一六八〇年（延宝八）

蘇《そ》東坡《とうば》「後《ご》赤壁賦《せきへきのふ》」の「山高く月小に、水落ち石出づ、曾《かつ》て月日之幾何《いくばく》ぞや」に発想源はあろうが、水位が減って石が現われたというこの平凡なリアリズムをずらし、石自体が枯れたと言い切ってしまう誇張法に眼目がある。水の萎《しぼ》みを云々《うんぬん》する以前にいきなり石に言及し、水の涸《か》れでなく石の涸れを断定する奇抜な強調に妙があり、それは後五の「冬もなし」にも波及する。もともと乾涸《ひから》びているはずの石が、それ自体枯れてしまうような荒涼。それは、もともと無によって特徴づけられる冬自体に、さらに「なし」という否定辞が重ねられるほどの寂莫《じゃくまく》に通じる。「冬もなし」には、冬らしい季節感や風情さえなくなってしまったという解、冬の月日も窮まり尽きてしまったという解などがあり、それでもよいが、春夏秋の豊饒《ほうじょう》に対して冬は無と欠乏であることを前提として、その冬自体にさらに「なし」の一語を重ねて、非論理性も冗語感ももののかは、無いものがさらに無いと断定してみることに興を覚えているととっておけばいいのではないか。そうした言葉遊びに談林調の残滓《ざんし》はあるものの、この荒涼

と寂莫の深さはもはや紛れもなく芭蕉自身の俳境である。〈冬＝冬〉

あさがほに我は食《めし》くふおとこ《(を)》哉《かな》

『虚栗《みなしぐり》』一六八二年（天和《てんな》二）

「角《かく》が蓼螢《たでほたる》の句に和す」の前書がある。宝井其角《きかく》（芭蕉の高弟で蕉門十哲の筆頭）の句とは、『虚栗』にこの句とともに収められた、「草の戸に我は蓼くふほたる哉」。草《そう》庵《あん》住まいの風流、「蓼食う虫も好き好き」と俗諺《ぞくげん》に言われるような頑固な自己追求、世人の寝静まった後に飛び回る螢の風雅と反俗——草の戸、蓼、螢というあまりに出来過ぎの三題噺《ばなし》で自画像を描いてみせた其角に向かって、そんなに衒《てら》うなよ、力むなよ、肩の力を抜いたらどうだとやんわり窘《たしな》めている。おれは常人なみの時刻に寝起きして、常人なみに飯を喰う、そういう普通の男だよと芭蕉は言っている。螢もいいが、早起きをすると大輪の朝顔が咲いているのを見られて楽しいぞ。が、だからと言ってその朝顔の美を何とか言葉で表現しようと四苦八苦するのもさもしいことだ。朝顔をぼんやり眺めながら、まずおれは飯を喰う。そんな平凡な日常自体に俳味を求めてみるという趣向はどうだい。雅の道を果ての果てまで歩き通そうとしているのは芭蕉当人であること——それはむろん其角自身にもよくわかっていた——を前提としたうえでの、友情の籠もったからかいである。雅を俗に、俗を雅に、自在に反転しつつ、句に、人に「和する」という身振りが芭蕉にとっての「俳」の実践であり、その精神は連句の座でもっともよく発揮された。〈あさがほ＝秋〉

るすにきて梅さへよそのかきほかな

『あつめ句』一六八四年（天和四・貞享《じょうきょう》元）

友を訪ねて来てみたら留守、そこで、ちょうど満開の梅の花をあるじに見立て、交流しようとしたところ、それもしかし、聞いてみると実は隣家の梅だった——そんな趣旨の長い前書があり、それで一句の興趣の意味は尽くされているが、何しろ中七の「梅さへよその」の声調がすばらしい。「訪友不遇」は例の多い漢詩題だが、盛りの梅を嘆賞することで不遇の失望を慰めようとしたというのにとどまらず、梅の花にあるじの代わりをしてもらおうと思った（「これなむあるじがほなりといひけるを」）という擬人化の遊びが芭蕉の趣向の一である。その二は、だがその梅さえ自分に縁のない赤の他人で、結局は孤心の側に引き戻されるほかなかったという、軽い衝撃である。「るす」の一語に続いてその縁語と言ってもよい「よそ」が駄目押しのように打ち重なるさまに興があり、定家の絶唱「年も経ぬいのるちぎりは初瀬山をのへの鐘のよそのゆふぐれ」をここで思い出すのは恣《し》意的にすぎるかもしれないが、この不可思議な恋歌を脇に添えると芭蕉の句からとたんに艶なる風情が匂い立ってくるのが面白い。前書を含め掌篇小説の味わいがあり、余白に想像をめぐらせて愉しめる。留守宅を守る「とし老《おい》たるお《（を）》のこ」が、ああ、あの梅、あれは隣りの家の梅ですよと教えてくれたとき、それは気の毒そうにではなく、きっと素っ気なく突き放すように言ったのだろう、などと。〈梅＝春〉

野ざらしを心に風のしむ身《み》哉《かな》

『野ざらし紀行』一六八四年（貞享元）

この年の八月、四十一歳の芭蕉は深川の庵《いおり》を発ち、門人の千里《ちり》とともに故郷の伊賀をめざして東海道を西へ向かい、『野ざらし紀行』の旅に出た。その出立吟であり紀行文の題の由来ともなった句がこれだ。詞書《ことばがき》の意味を持つ起筆部分に「三更月下《さんかうげつか》無何《むか》に入《いる》」云々《うんぬん》という禅の偈《げ》（仏語）の引用があり、「無何」は荘子の言う無何有《むかう》の郷を指すから、解脱と悟達に憧れる心境の背景に思想的・宗教的含意があることは間違いない。「野ざらし」すなわち野に朽ちて風雨にさらされ髑髏《されこうべ》になることを恐れぬ「心（覚悟）」で旅に出ると言い、それは自他溶融の荘子の世界観を採るという宣言でもある。ただし、白骨と化してしまえばもう「詩」も「歌」も「俳」もへったくれもありはせず、未だ肉身があるからこそそれに寒風が沁《し》み、秋の風情《ふうじょう》を「沁《し》み沁《じ》み」と感じているのだ。句は「心に」の一語を蝶番《ちょうつがい》として、無情の世界を有情《うじょう》の世界へ、されこうべを「身（肉身）」へと連結している。ひいては、外国（中国）由来の形而上学を、秋風に生のはかなさを感得する日本的な「あはれ」の詩情へ、と言ってもよい。そして、切れ字「哉」の後に続く余韻が、有情の世界にとどまる旅人の「身」を、無情の世界に憧れる「心」へともう一度送り返す。芭蕉が日本に稀有な思想詩人であるゆえんは、そうした連結と還流の運動をたった十七字の小宇宙に凝縮しえた点にあった。
〈身にしむ＝秋〉

道のべの木槿《むくげ》は馬にくはれけり

『野ざらし紀行』一六八四年（貞享元）

木槿は高さ三、四メートルほどの落葉低木で、夏から秋にかけて白・紫・赤などの花を咲かせる。早朝開き夕方には萎《しぼ》んでしまう「一日花」であることから、人の世の栄華のはかなさの喩《たと》えとして「槿花《きんか》一朝の夢」という表現がある。本によって「馬上吟」「眼前」などという前書があるのは、寓意《ぐうい》を離れ嘱目（目にふれたものを吟じること）の句として読めという指示が半分、寓意を脱臼させる手つきに興を見よという指示が半分であろう。いずれにせよ要は「けり」の言い切りの呆気なさにある。木槿にまつわる美や詩情や諷喩《ふうゆ》を前提としたうえで、それが不意に切り捨てられてしまった驚きに俳味があると言っているのだ。終助詞「けり」の含意に関しては「枯枝に烏《からす》のとまりたるや秋の暮」(九五頁)の「烏のとまりけり」への改案に関して註記したことを参照していただきたい。無常観も何もあらばこそ、日が暮れておのずと萎んでゆくのを待つまでもなく、花はいきなり動物の口の中に消え、後にはただもぐもぐとそれを食《は》む馬の泰然自若《じじやく》とした間抜け面が残っているばかり。「槿」の字を「あさがほ」と読ませる例もあり、この句の傍らに「あさがほに我は食《めし》くふおとこ(を)哉《かな》」(九九頁)を並べてみたいという誘惑に駆られぬでもない。〈木槿＝秋〉

木の葉散《ちる》桜は軽し檜木《ひのき》笠《がさ》　　真蹟懐紙　一六八四年(貞享元)

桜紅葉を見に吉野山の奥に分け入った際、「藁蹈《わらぐつ》に足痛く、杖を立てやすらふ程に」という前書が添えられている。もしこの前書がなければ、降りかかる木の葉を笠に受けながら歩みつづける旅人の、軽やかな運動感の快楽が迫ってくる句となっていただろう。それはそれで悪くないが、前書によって現場の光景は一転し、歩みを止め、自分や同行者の足音が絶えた瞬間、それまで意識にのぼらなかった笠に落ちる木の葉の微かな感触、それまで聞こえていたはずなのに耳に入っていなかったかさこそという微かな響きが、急に意識の前景に立ち現われてきたという「気づきの出来事」を詠んだ句となる。むろんそちらの方がはるかに面白いのだ。「桜は」の係助詞「は」は、「笠は重し呉天の雪、鞋《くつ》は香《かぐは》し楚地《そち》の花」（詩人玉屑《ぎょくせつ》）の「雪」とは異なって、の意であろう。触覚と聴覚が幽《かそけ》く溶け合うさまをひとことで「軽し」と捉え、旅の労苦が蓄積し重たるくなってしまった身体を慰藉《いしゃ》してくれる恩寵をそこに見ている。檜木笠や藁蹈（草鞋《わらじ》）の主目的はむろん外界から人体を保護することであるが、こうした植物素材による手作りのツールは、遮断の機能ばかりでなく、同時にまた人体を外界へと柔らかく繋留《けいりゅう》し、それに適合させ調和させる機能をも果たしていた。そのあたりの機微を感覚的に追体験するのは、外界遮断にのみ慣れた現代人にはやや難しかろう。

〈紅葉／散る＝秋〉

秋風や藪《やぶ》も畠《はたけ》も不破の関　『野ざらし紀行』一六八四年（貞享元）

不破関《ふわ》（岐阜県不破郡関ヶ原町）は、伊勢の鈴鹿関《すずか》、越前の愛発関《あらち》とともに、古代三関の一である。京畿防備のために関ヶ原に置かれた東山道の関所だったが、律令制の衰退とともに廃絶され、後に歌枕となって、慈円《じえん》の「旅寝する不破の関屋の板びさし時雨する夜のあはれ知れとや」（『拾玉集《しゅうぎょくしゅう》』）、藤原良経《よしつね》の「人住まぬ不破の関屋の板びさし荒れにしのちはただ秋の風」（『新古今和歌集』）など、荒廃の哀愁の詩的表出に恰好《かっこう》の材を提供するようになった。「不破」であったはずの堅牢な守りが、それ自体廃墟と化してしまったことのあわれが、「この世は無常」の悲傷をそってきたのである。芭蕉は直接には藤原良経の歌を参照しているが、本歌は「関屋」を詠っているので朽ちた「板びさし」に言及するのに対して、芭蕉の句ではもはやいかなる「屋」もなく、かつて関が置かれていた場所にはただ、和歌的情緒もへったくれもない平凡で殺風景な藪や畠が広がっているだけだ。関の名残りはもはや何もない。しかし、その空虚のただなかに秋風を吹き抜けさせるとき、いにしえの関屋が幻視され、歳月の経過の非情に改めて心が震える。「藪も畠も不破の関」という直截《ちょくせつ》な断定を可能にするのはその心の震えである。語調の良い「藪も畠も」の列挙の後にすぐ続けて「不破」という漢語を置き、すなわち具体的事物と観念とをいきなり衝突させて、前者によって後者の抒情的《じよじようてき》哀愁を脱臼させている手つきに、俳諧師のわざがある。〈秋風＝秋〉

冬《ふゆ》牡《ぼ》丹《たん》千《ち》鳥《どり》よ雪のほとゝぎす

『野ざらし紀行』一六八四年（貞享元）

『野ざらし紀行』の旅の途上、桑名（三重県）の本統寺に逗留《とうりゆう》した折の吟。庭には冬牡丹が咲き、どこからか浜千鳥の鳴き声が聞こえてくる。言ってみれば、あれは雪中のほととぎすとでもいったことになろうか。「雪の」はものの譬《たと》えであり、必ずしも現実の雪景色を意味しない。本来、牡丹（深見草）は夏の景物だが、晩秋から冬にかけて紅、白、紫などの花を咲かせる品種もあり（寒牡丹とも言う）、「雪の」の措辞《そじ》はここでその花は白だと念を押しているのかもしれない。冬咲きの牡丹という季節外れがまとう興趣を、千鳥（冬の季語）を「雪のほととぎす」と言いなす頓狂な見立てによって増幅させようとした、理屈の勝った句ではある。冬に咲く白牡丹があるならば、雪中で鳴く冬のほととぎすもいて悪いわけはないでしょう――観念的・人工的な発想であり、少々衒気《げんき》が鼻につかぬでもない。ただし、夏の「牡丹」「ほととぎす」を強引に冬へ移す手つきの奇巧を誇るこの趣向は、底本でこの句の後にすぐ続けて掲げられる次項「明ぼのやしら魚しろきこと一寸《いっすん》」の、春の季語の「白魚」を冬のものとして使う仕掛けと共通している。二句を並べることでいわば「季移し」の二様のわざを示しているとも読め、すると『野ざらし紀行』のこの箇所が俄然《がぜん》面白くなってくる。

〈冬牡丹＝冬〉

明ぼのやしら魚しろきこと一寸《いっすん》

『野ざらし紀行』一六八四年（貞享元）

前項「冬牡丹千鳥よ雪のほとゝぎす」にすぐ続いて、「草の枕に寝あきて、まだほのぐらきうちに、浜のかたに出《いで》て」という前書とともに掲げられている句。杜甫《とほ》「白小」に「白小《はくせう》は群分《くんぶん》の命《めい》、天然二寸の魚」とあるのを踏まえ、その二寸をあえて一寸にまで縮めることで、寒季の空気感を表出してみせたところが手柄である。実際、桑名では白魚のサイズを「冬一寸春二寸」と言う俚諺《りげん》があるという。漁師の網に掛かった白魚を見て発想したのかもしれないが、生きて泳いでいるさまを想像しての吟と取りたい。夜が明けかけた浜辺の寒々とした薄明の中に、まだ一寸しかない小さな魚が、射し初めた曙光《しよこう》のかけらとも見分けがつかない可憐《かれん》な「白」それ自体と化し、一瞬きらりと腹を光らせながら泳いでいったのだ、と。白魚なのだから白いのは当然なのに、「しら魚しろきこと」というややくだくだしい言いかたでわざわざ念を押し、水にも光にも溶けてしまいそうな一寸という小ささゆえに、その白さが逆に際立って見えるのだと言っている。「海くれて鴨のこゑほのかに白し」「石山の石より白し秋の風」「水仙や白き障子のとも移り」などと並び、芭蕉における「白」の主題の端麗な一変奏をなす。白魚は本来は春の風物だが、上述の次第でここは「しら魚一寸」を季語とする冬の句と読む。

此《この》海《うみ》に草鞋《わらんぢ》すてん笠《かさ》しぐれ

『熱田《あつた》皺筥《しわばこ》物語』一六八四年(貞享元)

「旅亭桐葉《とうえふ》の主《ぬし》、心ざしあさからざりければ、しばらくとゞまらんとせしほどに」という前書がある。「すてん」は笠にもかかる。「しばらくとゞま」る気になったとはいえ、所詮仮寝の宿にすぎず、いずれは出立と別れの日が来ることはあるじにも客にもよくわかっており、それを前提としたうえであえて、もう必要がなくなったので草鞋も笠も海に捨ててしまおうと強く言い切っている誇張法に、挨拶の句としての心ばえが籠められている。「笠しぐれ」は芭蕉の造語で、笠に降りしきる時雨の意であろうが、そこから翻って冒頭の「海」を遡及的に補い、暗い空から氷雨《ひさめ》がそそぎ、海面にしぶきを上げ波紋を重ねる寒々しい海景を現出させる。言い切りの強さに照らせば、草鞋と笠を、浜辺で波打ち際にぽちゃりと捨てるのではさまにならず、崖上から眼下の海に向かって勢いよく放り投げる絵が浮かぶ。奥行き、高さを兼ね備えた広大な立体空間が立ち上がり、その全体に冷たい雨滴を漲《みなぎ》らせる時雨の降りようも、宇宙的なスケールを帯びる。その広大な空間を一挙に抱擁し尽くす、「此海に」の「此」の一語の使いかたは見事である。茫漠とした海景の片隅に佇《たたず》む点景人物たる自分が、身に馴染《なじ》んだ草鞋と笠を未練なく海に放る、その一瞬を、もう一人の自分がさらに離れたところから望見しているようでもある。〈しぐれ＝冬〉

狂句こがらしの身は竹斎《ちくさい》に似たる哉《かな》

『野ざらし紀行』一六八四年（貞享元）

「名護屋に入《いる》道の程《ほど》風吟す」の前書がある。「竹斎」は当時広く読まれた仮名草子『竹斎』の主人公の藪《やぶ》医者。食いつめた竹斎が都落ちして、浮浪者さながら、狂歌を詠みつつ東海道を江戸へ下る途中、名古屋にも足を留めたことがあるのを想起しながら、自分をこの卑俗で滑稽な人物になぞらえた。おれは高尚典雅な詩歌とは縁がないよと偽悪的に言い切った自己パロディが、卑下すれすれの謙退の挨拶としての役割も果たしつつ、自分は風狂に徹し句の道に命を賭けて生きてゆくという昂然《こうぜん》たるマニフエストにもなっている。芭蕉はこの名古屋滞在中、尾張の俳人たちとともに『冬の日』五歌仙を巻くが、この句はその巻頭歌仙の発句となった。もともと凩《こがらし》は恋に焦《こ》がれるの掛詞《かけことば》として用いられ、「消えわびぬうつろふ人の秋の色に身をこがらしの杜《もり》の下露」（藤原定家）やその本歌「人知れぬ思ひするがの国にこそ身を木枯しの杜《もり》はありけれ」（読み人知らず）などの例がある。定家の「身をこがらしの」を「こがらしの身」に転じつつ同時に、自分は恋でもなく狂歌でもなく狂句に、すなわち俳諧に一途《いちず》に思いを寄せると宣言している。従って冒頭の「狂句」の一語はどうしても必要で、八・七・五という頓狂な字余りになったが、その不恰好自体が、離俗の「狂」をどこまでもわが身に引き受けるという覚悟の表現ともなっていよう。〈こがらし＝冬〉

海くれて鴨《かも》のこゑほのかに白し

『野ざらし紀行』一六八四年（貞享元）

五感の間に相互影響が現われる現象を共感覚（シネステジア）と呼ぶ。「こんな香りがあるのだ、子供のからだのように新鮮で／オーボエの出す音のように甘く、牧場のように緑色の」（ボードレール「照　応《コレスポンダンス》」）。「私は何時も桐の花が咲くと冷めたい吹笛《フルート》の哀音を思ひ出す」（北原白秋「桐の花とカステラ」）。暮れかけた海に、どこからかかすかに伝わってくる鴨の声。それが仄白《ほのじろ》いとまず言って意表を衝《つ》いた後、その「音響的な白」の透明感を翻って薄暮に包まれた海景全体の印象にまで広げ、読む者の意識を静謐《せいひつ》な開放へといざなう。まだ黒一色に沈みきっていない時刻の名残りの余映への愛惜も滲《にじ》む。こうした興の動きを正確に追うために、このやや不自然な句跨《くまたが》りが必須となる。「海くれてほのかに白し鴨のこゑ」という代案は誰の頭にも浮かぶが、それでは、まだ暮れ残している薄暮の海景の描写がまずあり、そこに鴨の声が聞こえてきたというだけの平凡な叙景句になってしまう。では、「海くれてほのかに白き鴨のこゑ」では、ということになるが、視覚と聴覚の共鳴をどうだと誇っているだけの理に落ちた句と化し、さらにつまらない。切れ字の詠歎《えいたん》がないから、ただの「一行のずんどうな説明」にしかならないのだ。声調のたゆたいに共感覚の驚きを滲ませた芭蕉の案が、唯一無二の正解である。〈鴨＝冬〉

樫《かし》の木の花にかまはぬ姿かな

『野ざらし紀行』一六八五年（貞享二）

花々が咲き誇る春爛漫《らんまん》のさなか、周囲から超然としてただ黒々と高く聳《そび》え立っている樫の木の姿が奥ゆかしく好ましい。三井秋風《みついしゆうふう》が京の鳴滝に構えた山荘を訪れた際に詠まれた挨拶吟。主人秋風の人柄への讃でもあろうが、そんな狭い読みに閉じこめる必要もあるまい。「花にかまはぬ」という擬人法がこの句の命のすべてである。実際、それ以外には何もない句だと言ってもよい。いかなる衒気《げんき》もないその素朴、その素直はしかし、単なる平凡を超えて、ある力強い生命鑽仰《さんごう》へと人を導く。芭蕉が感嘆しつつその樹冠を見上げた樫の木そのものにも似た、姿の良い句である。「姿かな」まで来て一行が切れた後、詠歎《えいたん》の余韻の中で視線はさらにその下へ降り、大地にどっしりと張った根の強靭《きようじん》と豊饒《ほうじよう》へと想像が及ぶ。そこからもう一度視線は上昇し、堂々たる枝振りを愛《め》で樹冠の高さを愛で、その上に広がる春空の駘蕩《たいとう》に至ってそこで心を大きく開く。あまたの言葉、詩、歌、句が百花斉放の賑《にぎ》やかさで行き交う中、自分は独り、人目を惹く花もつけず、沈黙と境を接した静けさの中でただ真っ直ぐに立っているの

だ、とこの句は、そして芭蕉は、言っている。〈花＝春〉

山路《やまぢ》来て何やらゆかしすみれ草《ぐさ》

『野ざらし紀行』一六八五年（貞享二）

人口に膾炙《かいしゃ》した有名な句には、そうなるだけの理由がある。この句の最大の手柄は、「何やら」という無意味すれすれの一語に思いがけずみずみずしい息吹を賦与した点であろう。それが「ゆかし」（慕わしい、心惹かれる）と結びつくとき、「山路……」から始まる「や」「や」「ゆ」の響き合いが耳に快く、そのなだらかな声調が、菫草《すみれぐさ》の可憐《かれん》を、そして山道を辿《たど》る旅人がそれを目に留めて心が弛《ゆる》んだ瞬間の安堵《あんど》をも、見事に表現し尽くしている。上五の「て」止めはそこでひと呼吸あることを意味し、歩きながら見た菫ではなく足を止めて休憩中に見た菫であることを示す。登山なのだから峠からはるか雄大な風景を遠望してもいいのにあえてそれをせず、山道には珍しい菫が足元に咲いているのに視線をズームインし、「何やら」という微かな当惑とともにそれに魅了されている。小さなものへ人懐かしい優しい視線を注いでいるという意味で、蕪村《ぶそん》的な一句とも言える。同じ句案を『熱田三歌仙』の立句としたときは「何とはなしになにやら床し菫草」で、「何」「なに」の反復と上五のややまどろっこしい字余りとによって、曰《いわ》く言いがたさの当惑を誇張し、面白がりつつ、その曰く言いがたさに実を与えてみよと脇句の付けを誘っていたのだが、発句として自立させるには、山道でふと足を止めた旅人の姿が必要とされた。〈すみれ＝春〉

辛《から》崎《さき》の松は花より朧《おぼろ》にて　『野ざらし紀行』一六八五年（貞享二）

唐崎（滋賀県大津市）の一つ松は、「唐崎夜雨《からさきのやう》」として近江《おうみ》八景の一つ。満開の桜が茫々として湖岸に霞《かす》んでいるが、唐崎の名高い老松のあたりはさらにひときわ煙霞《えんか》が濃いと言っている。小野小町の面影を老松に重ねる「からさきの松は小町が身の朧」が初案、実景として詠み直した「唐崎の松は花より朧かな」が再案、そして最終的には「にて」止めに落ち着いた。連句の第三を思わせる「にて留め」が発句にふさわしいかどうかについて、門人たちの間で物議を醸したさまを『去来抄』が伝えている。芭蕉自身は、諸君の「理屈」はともかく、「我はただ花より松の朧にて、面白かりしのみ」とまとめており、それでいいように評者も思う。「花」も春、「朧」も春の季語で、ともかく春たけなわの湖上の大気はひたすらゆらゆらと霞んでおり、しかし常緑樹である松のあたりこそ「朧」の最たるもので、その発見に自分は興趣を感じたのだ、と。再案は、形容動詞の語根「おぼろ」に「かな」を添えるという不安定感があり、また「松」か「花」かの優劣論に断を下すような「理屈」っぽい語調も気になる。孤独な断案を避け、嘱目の興を孤心の外へ、言葉の余白へ、水景を一緒に眺望している人々の間へ、柔らかく逃がしてゆくような表現を求めて最終形が生まれたのだろう。「にて」止めはたしかに異色だが、言い切らずに終えた後に残る漠とした余情ほどに「朧」なるものもない。〈朧／花＝春〉

つゝじいけて其《その》陰《かげ》に干《ひ》鱈《だら》さく女

『泊船集《はくせんしゅう》』一六八五年（貞享二）

句意は平明でありことさらに説明の要はあるまい。疑問がありうるとすれば、上五を単につつじが生けてある状態と取るか、それとも、同じ女がまずつつじを生け、続いてその陰で干鱈を割《さ》き出したと取るか、という点だけで、どちらの解も可能だが、後者の方がやや興が優るか。鮮烈な赤を誇示するつつじの花の美が一方にあり、客の夕餉《ゆうげ》の支度であろう、宿の女が保存食の干鱈を割いているというきわめて散文的な行為が他方にある。その両者の、同一情景中の共存に芭蕉は俳諧を感じた。「其陰に」が両者の間を媒介しているが、この語のうちに無理やり詩歌史上の典拠を探るには及ぶまい。六・八・五の甚だしい破調は、形式美を整える配慮を捨て、短篇小説の材にもなりそうな一情景をさらりと写生するという無頓着《むとんちやく》をむしろ表に出したもの。このまま国木田独歩の随筆にでも登場しそうな句であり、ありふれた庶民の日常の営みが不意に詩的イメージの磁化を帯びうるという驚きに、一種の「近代性」を読むというのは――芭蕉自身の知ったことではなかろうが――われわれ今日の読者に享受を許された自由というものだろう。その詩法は「渡し場に／しやがむ女の／淋しき」（西脇順三郎『旅人かへらず』「九〇」）といった現代詩の風土へも受け継がれ、その肥沃化に貢献している。〈つゝじ＝春〉

命二つの中に生《いき》たる桜哉《かな》　『野ざらし紀行』一六八五年（貞享二）

「水口《みなくち》にて二十年を経て故人に逢ふ」という前書がある。故人（旧友）とは伊賀上野の服部土芳《とほう》。西行の「年たけてまた越ゆべしと思ひきや命なりけり小夜《さや》の中山」（『新古今和歌集』）を踏まえると言われ、その通りではあろうが、単に自分一人の命への感慨でなく、「命二つ」がともに永らえたことへの喜びが詠まれているという一点に、「歌」から「俳」への移行があることは言うまでもない。その二つの命の「中に」という場所表現の多義性が一句の見どころである。二十年の空白を隔てて再会した二人の「間に」、今しも桜が咲き誇り、友と一緒に春爛漫《らんまん》を言祝《ことほ》ぐことができるという満足がまずある。我も友も、毎年花をつけては散ることを二十回も繰り返してきた桜のように、よくも「生《いき》たる」ものだなあ、という感慨がそれに続く。「生《いき》たる」は「生《いき》てある」であり、持続を表わす。自分自身の「中に」経過した時間の堆積を眺めつつ、いま僥倖《ぎようこう》によって邂逅《かいこう》しえた友の「中に」流れた歳月へもいたわりの想いは及ぶ。そのうえで、視線はふたたび眼前の桜へ返り、それは「命二つの」「中に」生きつづけてきた現実の、かつまた幻想の桜なのだと歎《たん》じている。一字の置き換えも利かない極度に緊密な句。句形は上五を「の」なしの「命二つ」とする案もあり（『菊の香』）、そちらの方が余りは一字で済むが、心の昂ぶりが伝わってくる「命二つの」の二字余りの方を採らなければならない。〈桜＝春〉

古池や蛙飛《かはづとび》こむ水のおと　『蛙合《かわずあわせ》』一六八六年（貞享三）

人口に膾炙《かいしゃ》した句にはそうなるだけの理由があると先に述べたが、これほど有名になり、発句形式それ自体の代名詞と化し、古来ありとあらゆる解釈の、批評の、称讃の、お喋《しゃべ》りの、からかいの、パロディの対象となってきた作品に対して、今さらいったい何を語れるのか。『芭蕉百五十句』にこれを採っていない安東次男のように、挑発的に無視するしかないのか。フルイケヤ・カワズトビコム・ミズノオトはもはや、あたかも現代美術家・村上隆の「スーパーフラット」作品のように、作品自身がみずからをきりなく引用しパロディ化し尽くした挙げ句、超平面的な紋切り型の内部に閉じ込められてしまったかのようだ。誰でも参加できる民主的な超短詩形遊戯としてのハイクが、「クールジャパン」の外国向け主要輸出品の一つたりうる今日、フルイケヤ……は、その「クール」の観光商標という公的役割に還元されてしまいかねない、不幸な作品とも見える。なるほどある作品が真に存在するためには、作品に意味を賦与する二次的言説がその周囲に繁茂することが不可欠ではある。しかし、芭蕉自身のあずかり知らぬことながら、二次的言説の膨大な堆積によって押し潰され、その重圧によって、新たな意味を次々に発掘されるどころか逆に意味という意味を磨り減らされてしまったことが、フルイケヤ……の蒙《こうむ》った何とも不思議な不運なのだ。どこの国のとを問わず、文学史上他《た》に例を見ない稀有な不幸と言うべきだろう。それに同情する評者としては、さらにもう一つの評の圧力をこの句に加重することはあえてせず、ただその素裸の姿のまま読者に委ねておきたい。〈蛙＝春〉

名月や池をめぐりて夜もすがら

『孤松《ひとつまつ》』一六八六年（貞享三）

子供の頃から馴染《なじ》んできた（日本人なら誰でもそうだろう）この句を改めてよくよく見つめ口ずさんでみると、下五の舌足らずが気になって何やら落ち着かなくなる。接続助詞「て」でいったん息をついた言葉の流れは、「夜もすがら」で宙ぶらりんのままぼんやり途切れ、余白に、本来その後を締め括るべき「興ず」なり「遊ぶ」なりの別の動詞を心理的に補わざるをえない。余韻、余情と言えば聞こえはいいが、単にぶざまな言葉足らずの感もある。字数は合っているものの句の姿はむしろ悪い。が、その浮き足立ちようを、世間体を取り繕わぬこの風狂人の、独り善がりの反映と見るや、この句は俄然《がぜん》、面白くなってくる。「名月」は現実の月であると同時にむろん水面に映った月かげでもあり、天上の円、眼下の円、それを囲む池縁の円（真円の形ではないにせよ）、その周囲をめぐりつづけるこの暇人の歩みの描く円、等々、複数の円イメージの重層ぶりが見どころだろう。「夜もすがら」で酩酊《めいてい》の深さが念押しされるが、ただしそれも、大袈裟《おおげさ》に言い做《な》した漢詩的雅趣にすぎず、李白《りはく》の月の詩あたりを典拠とした観念的な情景でしかないことは自明である。夜更けから明け方まで、見上げつ見下ろしつ、そう大きくもない池の周囲をひたすらぐるぐる回りつづける人がもし実在するとしたら、風狂人、酔狂人というよりは「風」「酔」抜きの単なる狂人であろう。為にする誇張と衒《てら》い、そしてそれへの羞恥が、舌っ足らずな言葉の途切れようとして露呈した。そう読めばこれもそれなりに名句なのかもしれない。〈名月＝秋〉

いなづまを手にとる闇《やみ》の紙《し》燭《そく》哉《かな》

『続虚栗』一六八七年（貞享四）

「寄《ス》二李下一」という前書がある。李下《りか》は蕉門の俳人で、芭蕉が深川に草庵を構えた折りに一株の芭蕉を贈り、それが桃青《とうせい》から芭蕉への俳号の変更の由来となったことで知られる人。『三冊子《さんぞうし》』によれば芭蕉は「あやしき所を得たる」李下の俳風を褒め、その俊才を讃えてこの句を詠んだという。門下の若輩への友愛の身振りである。紙燭は松の棒の先に油を塗って点火し、握りの部分には紙を巻いた照明具。闇の中にぽっと灯った紙燭の炎を、まるで稲妻の一閃をすばやく摑《つか》み取ったようだと歎《たん》じ、それを弟子の才の輝きに譬《たと》えている。日常世界の瑣事《さじ》と自然界の壮大な事象とを比喩の力によって一瞬で結びつける想像力が、めざましいイメージの戯れを産み落とした。「稲妻を手にとる」——超現実主義者の書くこと《エクリチユール》の現場を思わせる瞬速の身体行為を芭蕉は幻視し、句作とはそれだと言っている。火を点じた紙燭を闇の中に掲げ、それまで視《み》えなかったものを視えるようにするのが俳諧だが、それが成功したとき、紙燭はいつしか稲妻に変じているのだと。そして詩人の「手」に摑み取られた稲妻は、瞬時の煌《きら》めきの後に搔《か》き消え、後には何も残らないのだと。「テーヌの『知性論』の巻末で奇妙な悪行に耽《ふけ》るあの美しい手を、わたしは幾晩もかけて飼い馴らすことだろう」（アンドレ・ブルトン『シュルレアリスム宣言』）。なお、俗流フロイディズムは当然、この紙燭に男根象徴《ファリック・シンボル》を、稲妻に射精の隠喩を読まずにはいまい。〈いなづま＝秋〉

月《つき》雪《ゆき》とのさばりけらしとしの昏《くれ》

『続虚栗』一六八七年（貞享四）

野放図に言い棄てた「のさばりけらし」の迫力がこの句のすべてである。今日まで生き延びている俗語「のさばる」は横柄に振る舞うの意。「けらし」は、回想の助動詞「けり」の連体形「ける」に推量の助動詞「らし」のついた連語「けるらし」の縮約形。過去の推量を表わす場合もあり、またとくに推量の意はなく「けり」と同意で、ただし詠歎的《えいたんてき》な強調を籠めて言う場合もある。ここはまずさしあたりは後者であろう。月だの雪だのと、風流にのみ心をくだいて勝手気ままに暮らしてきたが、ふと気がつけばもう歳の瀬だ、まっとうなりわいに励んできた世間の人々は、大掃除をし松を飾り、新年を迎えるための律儀な準備にせわしないが、おれにはそんな心のゆとりもない、参った、参った。この自嘲《じちょう》が意味の第一層。しかし、その下の第二層から、「らし」の推量（フランス語で言えば条件法）のニュアンスがじわりと復活して滲《にじ》み出す。そりゃあおれは、気ままのかぎりを尽くしてきた男ということになるのだろうよ、世間の眼にはさぞかしそう映るのだろうよ、しかしそれでいったい何が悪い、おれはおれなのだからしょうがない、月や雪の風雅に沈潜する男の身にも、それなりに年は暮れてゆく、来年も同じことをして暮らすつもりだよ、余計なお節介はやめてくれ。自嘲は自負へ、自負は自嘲へ、絶えず反転可能であることの興を詠んだ句。〈としの昏＝冬〉

花の雲鐘は上野《うへの》か浅草歟《か》　『続虚栗』一六八七年（貞享四）

「草庵」という簡潔な前書と一緒に読まなければ、この句はまったく面白くない。深川村の芭蕉庵から見て、浅草の浅草寺はほぼ真北、上野の寛永寺は北北西で、方角を聞き分けることはたしかに難しかったろう。鄙《ひな》の一隅から、江戸の地誌に俯瞰的《ふかんてき》に思いを致し、盛り場の賑《にぎ》わいの外へとみずから進んで去っていった自分の身の上をおっとりと歎《たん》じている。前年に「観音のいらかみやりつ花の雲」があり、『末若葉《うらわかば》』に両句を合わせて「一聯《れん》二句の格也。句を呼《よび》て句とす」という其角《きかく》の評がある。菅原道真《すがわらのみちざね》の詩句「都府楼は纔《わづか》に瓦《かわら》の色を看《み》、観音寺は只鐘の声を聴く」（『和漢朗詠集』）に拠りつつ、瓦《いらか》と鐘をそれぞれの句に託し、聯としたのは其角の言う通りだろう。ただし、菅公が「纔に」「只」と歎いた遠離の孤愁を、芭蕉は「花の雲」というめでたい爛漫《らんまん》のイメージの導入によって、がらりと趣きを変えてみせた。雲とも見紛う賑やかな花盛りに遮られ、眺望も鐘の音《ね》も、おぼろになり、とろりとした春の空気に溶けてしまっている。そう思い做《な》すことで、深川村と江戸市中との間の距離の遠さそれ自体が突然、豊かな俳味を帯びはじめる。余談だが、台東区竹町に育った評者は、これを単に上野と浅草との間の「近さ」を詠んだだけの句と解する、子供の頃の早呑込みのうちに永らく閉じこめられていた〈竹町はその二つの盛り場のほぼ中間でそのどちらにも近い〉。あるとき句の趣意が「遠さ」にあると卒然と理解し、俳諧の面白さに初めて目覚めたような気がしたものだ。〈花の雲＝春〉

五月雨《さみだれ》や桶《をけ》の輪きるゝ夜の声

真蹟懐紙　一六八七年〈貞享四〉

卯《う》の花も腐れるような湿っぽく鬱陶しい梅雨どきのある夜更け、どこかで不意に、桶の輪がぴしりと切れる音がした。竹の輪は思いきり堅く締めつけてあるから、湿気で徐々に腐ってきていたのがついに切れると、その瞬間、鋭い音を立てて跳ね飛ぶ。古典や伝統の教養に支えられておらず、美とも情緒とも雅趣とも無縁の音——つまりは徹底的に無＝意味な音、ただ存在するだけの、というよりむしろ、ただ生起するだけの音である。ただしその音の背後には、湿気が竹に染み入って、傷みが少しずつ進行し、ついに破断という決定的瞬間に至るまでの長い時間の経過のすべてが伏在しており、従ってそれは、蓄積してきた時間の重さを一挙に開示する音でもある。それを摑《つか》み取り、そこに俳諧があると断定した芭蕉の耳の鋭敏と革新性には感嘆のほかはない。下五、「夜の音」とすると、中七の「きるゝ」ですでにその音を聴いている読者の耳には重複《リダンダント》でしかなく、句の勢いがだれる。音響的出来事の突然の出来《しゅったい》を、「夜」それ自体が発する「声」だと断定するところに、擬人法などというレトリックの範疇《はんちゅう》にも収まりがたい、ある恐ろしい緊迫感が生まれる。「夜」とはそこで、無関心《インデイフエランス》それ自体の化身——人間世界の記憶を欠き、何の意味も理由も根拠もなく、ただ存在し生起するばかりの、絶対的な他者なのだ。〈五月雨＝夏〉

起《おき》あがる菊ほのか也《なり》水のあと

『続虚栗』一六八七年（貞享四）

深川あたりは低湿地なので、雨が降りつづくと水が出ることもしばしばだった。水が引いて数日経つと、いちめん泥色と化した庭の一隅に、何やらほんのりと黄の色彩が浮かんでいる。その仄《ほの》かさに興が動いたのが始まりだろう。近寄ってみると、いったん冠水し薙《な》ぎ倒されてしまったひと叢《むら》の菊が、泥を撥《は》ねのけ、少しずつまた身を起こそうとしているのがわかった。その努力が仄かでしかないさまを憐れと思い、しかしまた、手ひどく打ちのめされた後、仄かなりにも生命が徐々に、確実に復活してくるさまに感歎《かんたん》し、それを愛《め》でている自分に気づく。その菊に自分自身を投影してみたいという心情も当然湧く。「ほのか」という極小の事象を「也」と強調し詠歎《えいたん》しないではいられない心の動きは、それに先立つ出水という非日常的な大事件から蒙《こうむ》った意識の昂《たか》ぶりが、未だに収まっていないがゆえである。下五は単なる事情説明にとどまらず、そうした自分の心の状態の確認、再認知でもある。大川の水がどっと氾濫するという大きな災厄と、ひと叢の菊が少しずつ少しずつ茎をもたげてくるという幽《かそけ》き動きとが、一句のうちに共存し、劇的な対比を見せる。発句の十七字にはそうしたこともできるのである。〈菊＝秋〉

京までは まだ半空《なかぞら》や 雪の雲　『笈《おい》の小文《こぶみ》』一六八七年（貞享四）

貞享四（一六八七）年十月二十五日（陽暦十一月二十九日）、四十四歳の芭蕉は「旅人と我《わが》名よばれん初しぐれ」を出立の吟として江戸を発ち、『笈の小文』の旅に出る。「京までは……」は十一月五日（同十二月九日）、尾張鳴海宿の本陣宿で作られた句。同じ宿でかつて飛鳥井《あすかい》雅章《まさあき》公が京を発ってはるか遠くまで来た感慨を歌に詠んだことを知り、それに和して、自分はそれとは逆方向に京へ向かう旅の途上だと言っている。「半空」には文字通り「空の中ほど、中天」のほかに、「（道の）途中」という意味もあり、ここではその両意が掛けてある。また、足が地に着かないということから、心が落ち着かない、上《うわ》の空という意味になることがあり、旅の空の下にいる身の、あれこれ懸念の交錯する不安定な心境もこの味わい深い言葉に託されていよう。地面に続く道のゆくえではなく、空の中ほどに重く垂れこめた前途の暗い雲を見つめている上向の視線は、そんな「上の空」の心理の表われでもある。季語は雪だが、それは今現に降っている雪ではなく、やがて降り出す雪、遅かれ早かれいずれは遭遇せざるをえない雪であり、京に着くまでにはまだひと難儀、ふた難儀あるだろうと思い遣《や》り、旅人は溜め息をついている。鳴海宿は東海道五十三次の四十番目の宿場であり、道のり半ばというよりは実はもうかなり京に近い。近いがしかし、気は抜けないぞ、「まだ半空」だぞと自分に言い聞かせ、気合いを入れ直す必要がちょうど生じる、微妙な地点でもある。〈雪＝冬〉

冬の日や馬上に氷る影法師　『笈の小文』一六八七年（貞享四）

凍りつくような寒さで知られる天津《あまつ》縄手《なわて》（渥美《あつみ》半島西岸）の田の中の一本道を馬で行ったときの句。「さむき田や馬上にすくむ影法師」「すくみ行《ゆく》や馬上に氷る影法師」

など、残されている他案と比較すると、最終案が格段に勝る。海から吹き上げてくる寒風に竦《すく》んで馬上に揺られているうちに、寒さで頭が痺《しび》れ、もう何も考えられず、田《た》面《も》に映る影がわたしか、わたしが影か、わからなくなってくる。そうした幽体離脱のさまを言うのに、第一案の影が「すくむ」ではまだ弱いと判断し、詩的誇張を恐れず影が「氷る」と強く言い做《な》してみたのが第二案。すぐそこに見えている自分の影、あれは田面に氷りついているのではなく、馬上に氷りついているのではあるまいか。今ここに氷りついている影法師、それがわたしなのではあるまいか。が、それでもまだ弱いのは、この影のイメージがまだ稀薄な抽象の域にとどまっているからだ。「冬の日や」（冬の短い一日ではなくむろん冬の陽光の意）の発見によって、影を作り出す弱々しい光の感触が、空間の全域に一挙に漲《みなぎ》った。それは影さえ氷らせるほどの寒さに対してまったく無力で、正午をすぎても温度を上げる気配さえなく、わたしの心も軀《からだ》もいっこうに解凍してくれない光――わたしを馬上にいつまでも影法師のままとどめおきつづける光である。〈冬の日／氷る＝冬〉

枯《かれ》芝《しば》やや丶かげろふの一二寸

『笈の小文』一六八八年（貞享五・元禄《げんろく》元）

まだ冬枯れのままの芝に目を凝らしてみると、ほんの少しばかりの陽炎《かげろう》が立っているのに気づいたのだという。陽炎は不規則な上昇気流によって密度の異なる空気が入り混じり、透過する光が屈折する現象であるから、「五六寸」「八九寸」ならばまだしも、五、六センチメートルほどの高さの陽炎というものがありうるのか、目に留まりうるものなのか、首をかしげざるをえない。初案であろう「かれ芝やまだかげろふの一二寸」（『曠野《あらの》』）も、この景の発想の観念性をまざまざと示している。しかし、理の勝った「まだ」が淡白な「やゝ」（徐々に、ようやくの意）に置き換えられるや、春の到来を待望し時間の推移を愛《いと》おしむ素直な心ばえが表に出て、幻であるかもしれないささやかな大気と光の戯れが、にわかに迫真性を帯びてくる。その現実感を支えているのが、「一二寸」という具体的な数字であるのは言うまでもない。俳諧は、高度の抽象性と高度な具象性との不意の連結によって成立する言語的出来事だ。俳諧の本質をなす二大要素のうち、一般概念としての季語は前者を、「今・ここ」の衝迫を示す切れ字は後者を担っていると考えることもできる。枯芝に目を遣《や》って冬の残留に心を屈していた者の前に、「一二寸」という具象語が唐突に出来《しゅったい》し、季節の推移が鮮やかな像となって立ち上がった、その瞬間の驚きを十七音に結晶させたものがこの句である。〈かげろふ＝春〉

行春《ゆくはる》にわかの浦《うら》にて追付《おひつい》たり

『笈の小文』一六八八年（貞享五・元禄元）

和歌の浦は和歌山市南方の海辺で『万葉集』以来の歌枕。芭蕉は貞享五年の正月を故郷の伊賀上野で迎えた後、南西へ下って吉野で満開の桜を愛《め》で（「よしのゝ花に三日とゞまりて」云々『笈《おい》の小文』）、高野山を経て和歌の浦で海に出た。春はもう終ってしまったかと思っていたが、うららかな陽射しの下にとろりとまどろむ海景を前にすると、ひとたび去った春にまた追いついたような気がするというのが句意である。「春」を時間現象ではなく、山から海へ下ってゆく大きな生命体のように思い做《な》し、みずからの西向の歩みをその後ろ姿を追う旅と読み替えてみた。いったんは惜別したものに思いがけず再会した驚きと喜び、これはむろん実感ではなく想像であっても構わない。興趣は、「行春《ゆく》」の「行く」を、時間が経過する、過ぎて「行く」ではなく、文字通りの空間移動の「行く」、すなわち吉野から和歌の浦へ向けての風物すべてを巻きこんだ自然の運動として捉え、それに『笈の小文』という紀行の心と言葉の動きを重ね合わせてみせた点にある。旅人が海浜に至ってそれに「追いつく」ことができたのが、山部赤人《やまべのあかひと》の「若の浦に潮満ち来れば潟《かた》をなみ葦辺《あしべ》をさして鶴《たづ》鳴き渡る」（『万葉集』）以来の、この歌枕の地に沈澱《ちんでん》する詩歌の豊饒《ほうじょう》な記憶の恩寵《おんちょう》の功徳であることは言うまでもない。〈行春＝春〉

ほとゝぎす消《きえ》行《ゆく》方《かた》や嶋《しま》一つ

『笈の小文』一六八八年（貞享五・元禄元）

『笈《おい》の小文』では鉄拐山《てつかいやま》への登攀《とうはん》の記述の後に置かれており、山頂からの眺望と取るのが自然な流れだが、そうするとこの「嶋《しま》」は淡路島ということになる。しかし、「嶋一つ」と表現された、広い海上にぽつんと見える孤影のさまは、鉄拐山頂からはつい眼前に立ちはだかる淡路のような大きな島にはむろんそぐわない。飛び去ってゆくほととぎすの姿が消え、鳴き声も絶え、その「方」に遠く目を遣《や》り思いを馳せるうちに、そこに幻影の島が「一つ」立ち現われた。というかむしろ、その島を――あるいは「嶋一つ」という言葉を――立ち現われさせるために、ほととぎすの飛翔《ひしょう》から消失に至る時間の持続が必要だった、と考えておけばよい。柿本人麻呂《かきのもとのひとまろ》の「ほの〴〵とあかしの浦の朝霧に島隠れゆく舟をしぞ思ふ」（『古今和歌集』）、藤原実定《さねさだ》の「時鳥鳴きつるかたをながむればただ有明の月ぞのこれる」（『千載和歌集』）といった古歌を背景として、前者に対しては、島が隠れるのもいいが、むしろその逆に現われさせるという趣向は如何《いかが》、霧が一挙に晴れていきなり海景が雄大化するのも一興でしょうと、後者に対しては、単に鳴き声が聞こえる方角に目を遣るという静的な構図ではなく、鳥が飛び去って消えてゆくまで（「消行方や」の「行《ゆく》」の一語がこの句の要をなすのは言うまでもない）という時間の過程を導入してみたら如何、そうすると案外、見えるものは月ばかりというわけでもなく、暁闇《あかつきやみ》にたゆたううっすらした月かげの下からまぼろしの島が「一つ」、ふうっと浮かび上がってくるかもしれませんよと――そう

芭蕉は応答しているかのようだ。〈ほと、ぎす=夏〉

蛸《たこ》壺《つぼ》やはかなき夢を夏の月

『笈の小文』一六八八年（貞享五・元禄元）

『笈《おい》の小文』の掉尾《ちょうび》を飾る句。「明石夜泊《あかしやはく》」の前書があるが、現実の旅では芭蕉は明石には泊まらず、須磨に戻って泊まっている（惣七《そうしち》宛書簡による）。岸に舫《もや》った船の中で舷側に寄せる波に揺すられつつ仮寝をする旅人の頭に、こんな想いが掠《かす》めた――そうした虚構の枠組みのうちに置かれることで、蛸壺の中にのこのこ入りこみ、明日漁師に引き上げられればそれを限りの命とも知らぬ間抜けな蛸が見ている夢のはかなさが、ひとしお哀感を帯びる。天高く懸かる満月と海底深くまどろむ蛸（さらにも蛸壺それ自体も）は丸さのイメージで呼応し、旅人はそのちょうど中間の水面で、不安定に揺れる仮寝の床にいる。夏の短夜《みじかよ》、浅い眠りの随《まにま》に彼が見る束の間の夢もまた、そんな蛸の夢と似たようなものだと芭蕉は言っている。助詞「を」の使いかたは「わが宿は四角な影を窓の月」（二一七頁）を想起させるが、「蛸壺」に「わが宿」の、さらにはこの浮き世全体の比喩を見ている句意から言っても（小窓が一つ開いているだけの草庵とそこから入れるが出られない小穴以外には鎖《とざ》された蛸壺との構造的類似）、また下五の「月」という共通点から言っても、二句の間を結ぶ絆は強い。『源氏物語』『平家物語』など、文学的記憶が深く沁《し》み透った明石の地にまつわる吟であるから、平家の運命の哀れさなども当然喚起されるが、人の世の無常を託すのに、当地の名産である蛸を引き合いに出した頓狂な滑稽味に蕉風の本領がある。日本の詩歌史上、蛸壺に囚われた蛸が見る夢を謳《うた》った例は前代未聞であり、その非凡な想像力は二百数十年の後、井伏鱒二《いぶせますじ》の短篇小説の名品「山椒魚《さんしょううお》」にその遠い残響を届かせているかのようだ。〈夏の月＝夏〉

五月雨《さみだれ》にかくれぬものや瀬田《せた》の橋

『曠野』一六八八年（貞享五・元禄元）

大津の瀬田川に架かる唐橋は長さ百九十六間（約三百五十六メートル）という壮麗によって知られる。「瀬田の夕照《せきしょう》」は近江《おうみ》八景の一つだが、夕映えの色彩の豪奢《ごうしゃ》を芭蕉はあえて自分に禁じ、渺茫《びょうぼう》とした琵琶湖の景の全体を雨でけぶらせてみせた。ただし、すべてをモノトーンで塗りつぶすその濛々《もうもう》たる煙雨の中でも、瀬田の大橋の姿だけは悠然と浮かび上がっているのだという。あいにくの雨で湖の眺望を得られなかったことの失望がまずあり、にもかかわらず、爾余《じょ》の景色のすべてが霞んでしまったことで、名勝の唐橋だけはかえってその雄大な存在感を強烈に主張しており、その発見から受けた感動が、悪天候の失望を十分以上に償ってくれた、と言っている。「かくれぬ」という否定辞に託された情動の屈折の回路に、この句の生命がある。五月雨が風景のいっさいを朧《おぼろ》にしてしまっても当然なのに、それでも隠れようもないものがやはりあったのだ、と芭蕉は感歎《かんたん》している。もちろんこの橋自体も雨に霞《かす》んでいないわけではなく、それどころかもう今にも雨景色の中に溶けこんでしまいそうな風情ではある。「かくれぬものや」の強い言い切りによって、芭蕉はそれを朧から救い、可視の世界に引き戻そうとした。その橋一つが見えていることで、空間が一挙に雄勁《ゆうけい》な広がりと奥行きを帯びるからである。〈五月雨＝夏〉

夏来《き》てもたゞひとつ葉《ば》の一葉《ひとは》哉《かな》

『笈日記《おいにつき》』一六八八年（貞享五・元禄元）

一つ葉《ば》は山地に群生する常緑多年生のシダ植物で、根茎が地中を長く這《は》い、ところどころに二十センチほどの葉柄を出して長細く堅い深緑の葉を一枚ずつつける。万物が萌《も》え出して旺盛な生命の増殖にいそしんでいる夏の盛りなのに、一つ葉はやはり、名前の通り、一葉《ひとは》ずつしかつけていない。風狂の境涯に生きる者の孤棲の比喩をここに読みこむ鑑賞もあるが、そうまでしてこの可憐《かれん》な一句を、そしてそこに詠まれたこの可憐な一葉を、ことごとしい人生論の圧迫で重たるく撓《たわ》めてしまう必要はなかろう。そんな仕打ちは可哀そうではないか。芭蕉の本意でもあるまい。夏に来ても一つ葉は相も変わらず、「たゞ」一葉だけつけてひっそり立っていた。こいつはやはり、名前通りのやつなのだな、可愛《かわい》いな。「たゞ」それだけのことでしかなく、この「たゞ」「だけ」「でしかない」それ自体の単純素朴に芭蕉は俳味を感じた。「ひとつ葉の一葉哉」という臆面のない、堂々とした反復が、この単純素朴を表現し尽くしていて見事である。なお『曠野《あらの》』では下五を「一つ哉」としており、それはそれで面白いが、せっかく「ひ」の音が二つ重ねられたのだから、そこにもう一つ「は」の音が加わった方が音律的には興趣が増す。〈夏＝夏〉

おくられつおくりつはては木曾《きそ》の秋

『曠野』一六八八年（貞享五・元禄元）

『笈日記《おいにっき》』岐阜部に「その年（元禄元年）の秋ならん、この国より旅立て更科《さらしな》の月みんとて留別四句」と前書されたうちの冒頭句。人から送られ、人を送り、離合を繰り返して続けてきた長い旅の終着点はどこにあるのか。挨拶吟の社交性という点を差し引いても、「おくられつおくりつはては」の調子の良さは月並すれすれの俗調と思うが、「木曾《きそ》の秋」という下五のしんとした静けさですべてが救われている。魅力の一端は「木曾」「秋」の反復された「き」音の鋭利な響きにあるが、かと言って「京の秋」ではさまにならず、「須磨の秋」などはむろん論外だ。木曾のけわしい山中に行き暮れる自分の姿を思い描き、それを風狂の身の果ての姿かと歎《たん》じ、しかし旅はその先まだまだ続くと自分に言い聞かせてもいる。めざす目的地——しかしそれもまたとりあえずのものだ——は信濃国《しなののくに》の更科であり、そこで中秋の名月を見ることが旅の趣意なのだが、途中の木曾路の難儀を想像し、旅の途上で果ててもいっこう構わないという覚悟を語っている。芭蕉ら一行が岐阜を発ったのは八月十一日（陽暦九月五日）。『笈の小文』の旅の続きでもあるが、独立した旅の始まりでもあった（それが『更科紀行』に結実する）。前年十月二十五日に江戸を出発して以来、旅寝の日々はすでに十か月近くに及び、疲労は重く蓄積していただろう。四十五歳の芭蕉には人生の秋という感慨もあったに違いない。その感慨の籠もった下五からもう一度句の冒頭に戻ると、孤独と寂寥《せきりょう》を慰めてくれた旅の（そして人生の）同行者への友情と感謝の念が改めてみずみずしく賦活される。〈秋＝秋〉

身にしみて大根からし秋の風

『更科紀行《さらしなきこう》』一六八八年（貞享五・元禄元）

藤原俊成《しゅんぜい》の「夕されば野辺の秋風身にしみて鶉《うづら》鳴くなり深草の里」（『千載和歌集』）以来、身にしみるものと言えば秋風、秋風と言えば身にしみるものと決まっている。磨り減ったステロタイプをそのまま大胆に持ってきて、間を無造作に二つに割り、その隙間に辛み大根（木曾の名物とされる）をぽんと放りこんでみせた手つきの軽《かろ》みが俳諧師の芸である。「野ざらしを心に風のしむ身哉」のような真っ向微塵《みじん》の信条表白ではない。宿の食事に出た大根のぴりりとした味に興を覚え、舌を刺すようなこの辛さを何と表現したものか、そうそう、人の世の無常を痛切に思い知らせる秋風の苛酷に譬《たと》えてみたらどうかなあ、と笑っている。大袈裟《おおげさ》な物言いに打ち興じるそのさなか、しかし耳を澄ませば、外ではまさにその秋風が唸《うな》りを上げており、やがては宿を発ちそれに吹きまくられながらの道中を続けなければならないという粛然とした思いが迫る。とともに、大根のひと嚙《か》み、ひと嚙み（あるいはおろし大根か）から口中に広がるこの味わいも、あっと言う間に過ぎ去ってゆくはかない人生のかけがえのない貴重な一刻、一刻の体験であることよという愛惜も込み上げてくる。「面白《おもしろう》てやがてかなしき」ものは鵜舟《うぶね》ばかりではない。〈身にしむ／秋の風＝秋〉

ほととぎすうらみの滝のうらおもて

『誹諧曾我《はいかいそが》』一六八九年（元禄二）

元禄二（一六八九）年三月二十七日（陽暦五月十六日）、芭蕉は曾良《そら》を伴い、『おくのほそ道』の旅に出た。この句以下「小萩ちれますほの小貝小盃《こさかづき》」（一五九頁）までは、この旅中の、ないしこの旅をめぐる吟からの選。この「ほととぎす……」の句は『おくのほそ道』中には収録されず、日光山中の「裏見の滝」についてはただ、「暫時《しばらく》は滝にこもるや夏《げ》の初《はじめ》」が掲げられているのみ（二四頁参照）。「裏見の滝」の岩屋に籠もるのは「夏籠《げごも》り」（一夏《いちげ》百日を籠もる仏徒の行事）の初めの気分だというこの句はしかし、その場で詠んだのではなく後年、紀行の執筆時に作ったものであろう。「ほととぎす……」のような軽い写生句を落とし、代わりにこうした観念的な句をわざわざ新たに作り下ろし挿入している点に、『おくのほそ道』という紀行作品の求道《ぐどう》的《てき》な精神性を担保しようとした意図が窺えて興味深い。「ほととぎす……」の句意は、滝の裏へ回ってみるとほととぎすの鳴き声がまた違って聞こえる、どうどうと落ちる滝の水音に遮られ、本来のあのくきやかな歌声がここへは変に籠もって響いてくる、それもそれなりに面白いと言っているだけのものだが、呆気《あつけ》ないと言えば呆気ない嘱目の感興が、耳に快い「うら」の音の素朴な反復にそぐわしい佳句である。滝の裏からは聞こえなくなるのを「恨み」に思うという解もあるが、滝の周囲に立ち込める清浄の気をそんな暗い読みであえて濁らせるには及ぶまい。〈ほととぎす＝夏〉

田《た》一《いち》枚《まい》植《うゑ》て立《たち》去《さ》る柳《やなぎ》かな　『おくのほそ道』一六八九年（元禄二）

西行《さいぎよう》の「道のべに清水流る丶柳かげしばしとてこそ立ちどまりつれ」（『新古今和歌集』）を踏まえる。これが西行の歌で名高い、また謡曲の「遊行柳《ゆぎようやなぎ》」にもなった、あの那須芦野《あしの》の柳か、と感慨に耽《ふけ》っているうちに、農民たちが一区画の田植えを手早く終えてしまった。それに気づいて我に返り、自分もそそくさと立ち去った。「植て」と「立去る」で主語が変わるのはやや変だが、旅人自身が田植えをするのはもっと変だろう。要は、柳の陰に陽射しを避けて「しばし」休息したという西行の、その「しばし」の時間の内実を、具体的に想像し補おうとする詩心の動きが、歌枕の孕《はら》む記憶への応答の身振りとしてあったという点だ。詩歌の先達である超俗の僧の詩的瞑想《めいそう》に敬意を払いながらも、その瞑想が続いた「しばし」の間に、俗界の善男善女はこんな実生活の営みをしていたのですよ、そんな聖と俗の共存や相補、衝突や背反に興を見るのがわたしの俳諧なのですよ、と言っている。「植る」のは定住農耕民の、「立去る」のは放浪遊行者の行為であり、この浮き世にはそのともどもが共棲《きょうせい》しているのだ。「立去る」行為は二重化されて農夫や早乙女たちへも半ば及んでいると取り、さてこの一枚の田植えは終えた、ほい、では次へ移るぞという農繁期の忙《せわ》しさを想像してもよいが、旅人にとっての「立去る」はそれとは質の違うもっと絶対的な離別の身振りである。〈田植＝夏〉

夏《なつ》艸《くさ》や兵共《つはものども》がゆめの跡　　『おくのほそ道』一六八九年（元禄二）

奥州平泉《ひらいずみ》、義経の居館があった高館《たかだち》からの景観を詠んだ句（ただし旅中現場の作ではなく後年の作であるらしい)。往時、義経の一党や藤原氏の一族が大義や野心を賭けて血みどろのいくさを繰り広げたこの地も、今はただ夏草の生い茂る野と化し、すべては夢まぼろしのごとく消え失せた。「……たちの」でなく「……どもが」と突き放した言い捨ての語調が、冷酷で勁《つよ》い。記憶だけを残して滅び去った人間の営みと、生命の最盛期を謳歌《おうか》している植物の繁茂との対比。「跡」とは言うが本当は痕跡さえ残っておらず、ただしいま現在盛んに茂る植物も生の必然としてほどなく萎《しお》れ枯れてゆくことを思えば、そこに人為の虚《むな》しさ儚《はかな》さそれ自体の寓意《ぐうい》を投影することもできなくはない。『おくのほそ道』には杜甫《とほ》の「国破山河在」が引かれているが、ここにはもはや中国の文物の教養も日本的な「あはれ」も超えた、普遍的真実の直観がある。シェイクスピアの最後の作品『あらし』の幕切れで、主人公プロスペローは言う――「宴《うたげ》は果てた。[…]雲を頂く塔も、豪奢《ごうしゃ》な宮殿も、荘厳な寺院も、巨大な地球そのものも、さよう、地上に受け継がれてきた何もかもが、いずれは消滅し去り、今この場に薄れつつある実体のない見世物同様、後には何の痕跡も残さない。われわれは夢と同じ材料でできている。われわれのささやかな生は眠りで包まれているのだ」(拙訳)。今この夏草の原で世の無常を歎《たん》じているわたし自身でさえ、ひょっとしたら誰かが見ている夢の中の登場人物にすぎないのではないか。旅人は心のうちでそう呟《つぶや》いている

かのようだ。〈夏草＝夏〉

五月雨《さみだれ》の降《ふり》残《のこ》してや光堂《ひかりだう》　『おくのほそ道』一六八九年（元禄二）

光堂は平泉の中尊寺境内の阿弥陀堂《あみだどう》（金色堂）。長い歳月の間に風雨にさらされつづけ、傷んで崩落しかけていたところを、鎌倉時代に鞘堂《さやどう》で覆われ、「千歳《せんざい》の記念《かたみ》」として保存されることになった。それを慶賀する文に続けて置かれたのがこの句（句の制作は紀行執筆時）。毎年毎年降り注ぎ地にあるすべてをいずれは腐らせてゆくはずの五月雨だが、あたかも燦然《さんぜん》たる金色の光に弾かれるように、光堂にだけは影響を及ぼせないままだ。「雨」と「光」の二字の劇的な対比が見事である。「降残す」という味わい深い連語の発見によって、句の前半「五月雨の降」までで生の有限性の運命が暗示され、後半「残してや光堂」に至って一転、それを乗り越えての人間の営みの不滅性が寿《ことほ》がれるという、この鮮烈な転換の出来事が可能となった。『おくのほそ道』で直前に置かれた「夏艸《なつくさ》や兵共《つはものども》がゆめの跡」とこれを対をなす二連の句として読んだ場合、同じ人為の記憶と言っても、政争や暴力の一過性の儚《はかな》さが一方にあり、美や信仰の永遠が他方にあるという相反の構図が浮かび上がってくる。風雨にも草の繁茂にも浸食されずに残りつづけるものがやはりあり、無常観からの救済の契機をそこに見る。むろん、それをしも仮初《かりそめ》の錯覚の一つと言うべきであろうが。〈五月雨＝夏〉

閑《しづか》さや岩《いは》にしみ入《いる》蟬《せみ》の声《こゑ》　『おくのほそ道』一六八九年（元禄二）

山形の宝珠山立石寺《りつしゃくじ》での吟。この蟬の種類は何か、一匹か少数か多数かなどをめぐってはかまびすしい議論があるが、芭蕉の立石寺参詣が五月二十七日（陽暦七月十三日）であることや生態分布の問題から、そのとき彼が実際に何蟬の声を聞いたかを考証するといった作業はさして意義のあることとは思えない。作品は作者の実体験から独立して存在しており、今やわれわれはミンミンゼミを聞いてもツクツクホウシを聞いても芭蕉のこの句を思い出す。アブラゼミの暑苦しく騒がしい声よりニイニイゼミの細く静かな声の方が、「閑さ」「しみ入」といった表現にふさわしいといった論など、一見もっとものようでいて、しかしアブラゼミの大群の耳を聾《ろう》するような喧《やかま》しさのただなかにむしろ「閑《しづか》」を感得するという感性こそが俳諧的だとも言えはしまいか。評者としては、芭蕉個人の彼《か》の地での感興を追体験する興味は興味として、それとは別に、「夏の暑い日に蟬――それが何蟬であろうと――の声を聞く」というありふれた体験に特権的な表現を賦与しえた普遍性に、この句の偉大を見る。その普遍性が、蟬の声の存在にもかかわらずあえてそれを「閑」と断じるという逆説と、雨滴さえも浸透しにくい岩のうちに音が「しみ入」さまを体感するというめざましい物質的＝身体的想像力と――その二つの賜物であることは言うまでもない。〈蟬＝夏〉

さみだれをあつめて早《はや》し最上川《もがみがは》

『おくのほそ道』一六八九年（元禄二）

紀行本文に、大石田《おおいしだ》で舟に乗るために「日和《ひより》を待《まつ》」間、土地の人と歌仙を巻いたとある。『曾良《そら》書留』によればそのときの芭蕉による立句は「さみだれをあつめてすゞしもがみ川」であったが（芭蕉真蹟《しんせき》も現存）、『おくのほそ道』で最上川の奔流の急を強調し、「水みなぎつて、舟あやうし《(ふ)》」と記したのに合わせて「早し」に改案し収録した。「涼し」の風雅も、季語が重なりはするが悪くはなく、水辺に出てようやく涼を取れたというゆったりした安堵《あんど》が籠もって、連句の起句としての挨拶にふさわしい。しかし、「早し」に変えたとたん、人の思いと無関係にただ滔々《とうとう》と流れてゆく川の即物的な現前が、自然界の苛酷の顕現として一挙に迫ってくる句となった。中七「あつめて早し」の一気呵成《かせい》の勢いがこの句の手柄である。句自体が速い。水量を増した最上川それ自体のように、十七字が一気に流れ下っている。地上いたるところに降る五月雨がひと筋の川の流れに集中したのだという。そこまでは空間に漲《みなぎ》る雨滴の垂直運動だが、「て」止めの後、集まった水の総量が、引き絞られた一条の線に沿って走る水平運動へといきなり転じる、その「速さ」「早さ」が鮮やかだ。「涼し」だとその地に身も心も滞留してしまうが、絶えざる移動感の横溢《おういつ》する『おくのほそ道』では、「早し」として、まだ舟に乗りもしないうちから川下り行の先へ先へと気持が逸《はや》るさまを表現しなければならなかった。〈五月雨＝夏〉

雲《くも》の峰《みね》幾《いく》つ崩《くづれ》て月《つき》の山《やま》　『おくのほそ道』一六八九年（元禄二）

月山《がつさん》は羽黒山・湯殿山《ゆどのさん》とともに羽州三山の一つ。芭蕉は六月八日（陽暦七月二十四日）、月山に登っている。「［…］雲霧《うんむ》山気《さんき》の中に、氷雪を踏《ふん》でのぼる事《こと》八里、更に日《じつ》月行道《げつぎやうだう》の雲関に入《いる》かとあやしまれ、息絶へ《（え）》身こゞへ《（え）》て頂上に至れば、日没《ぼっし》て月あらはる」（『おくのほそ道』）。「雲の峰」は夏空に峰のようにそそり立つ入道雲の意。夕日に映える雄大な雲を見ながら、この雲は今日一日、幾度崩れてはまたむくむくと湧き上がってきたのだろうと歎《たん》じていると、そこへ月が昇ってきた。以上は月山の山頂からの眺めと取った解であるが、紀行の文脈から離れて、下界から月山を仰望し、何とあのお山は立派なこと、雲の峰が天に聳《そび》え立っては幾度も崩れ、そこから生まれたような神々しい荘厳をまとっているものだ、と鑽仰《さんごう》しているようにも読める。二つの解を合体させ、山頂から入道雲の雄大を歎賞しつつ、その歎賞している自分自身、天空高く「雲関に入《いる》」地点まで登ってきた身である以上、自分がいま足元に踏み締めているこの月山そのものが、実はもう一つの雲の峰なのではないかという思いが湧いた――そんな第三の解も成り立つ。見どころは、そそり立つものの高さを言うのにあえて「崩る」という動詞を使い、崩れてはまた聳え立つ生々流転のダイナミズムとして雲・山・月を捉える、壮大な自然生成観の魅力であろう。〈雲の峰＝夏〉

荒海《あらうみ》や佐渡《さど》によこたふ天河《あまのがは》

『おくのほそ道』一六八九年（元禄二）

越後の出雲崎《いずもざき》で想を得た句。句意は明瞭で、句の本文以上に付け加えるべきことは何もない。問題があるとすれば、『曾良《そら》書留』に——それのみに——「七夕」という前書があるのをどう読むかという点で、これを強く読めば艶趣が滲《にじ》むが、そんな情緒は余分な飾りにしかならないように思う。海、島、川という三つの景物が一つに合して壮大な自然のヴィジョンをかたちづくっている。しかも川はここで、光の大河である。『おくのほそ道』の主人公同様、われわれもこの荘厳にうたれ、この名句以上の言葉を失って、闇と光に目を凝らし荒波の轟《とどろ》きに耳を澄まし、ただ岬の突端に立ち尽くすだけで十分だ。芭蕉の出雲崎泊は七月四日（陽暦八月十八日）のことで、この時季、佐渡ヶ島の近くに天の川は見えないはずという考証があるが、見えないはずの天の川を幻視したと取った方が評者にはむしろ面白い。そもそも佐渡の島影自体、月がよほど明るければ別だが、星空の光だけでは本州岸からそうはっきりと見えたはずがないではないか。言うまでもなく、この句に月の姿はない。満月が煌々《こうこう》とした光で天を圧していたりすれば、天の川の輝きはそのぶん薄れてしまうからである。要するに、荒海の波濤《はとう》のかなたに芭蕉はたしかに佐渡ヶ島の影を見た、その上空に横たわる壮麗な光の川も見た、この句を通じてわれわれにもそれを見させてくれた。そういうことだ。なお文法的に正確な「よこたはる」では、字数が合うか合わぬか以前に句勢がだれる。「よこたふ」の簡潔な速度が好ましい（自動詞「よこたふ」も誤用ではなくこの時代に他例がある）。〈天河＝秋〉

一家《ひとついへ》 に 遊女《いうぢよ》 も 寐《ね》 た り 萩《はぎ》 と 月《つき》

『おくのほそ道』一六八九年（元禄二）

難所を越え疲れきって着いた市振《いちぶり》で、伊勢に赴こうとしている遊女二人と同宿し、身の因果を歎《なげ》く会話を襖越《ふすまご》しに漏れ聞いた翌朝、同行を頼まれて断ったことなどが記され、その後にこの句が掲げられている。「一家に」は一軒家にではなく、同じ家にの意。『おくのほそ道』のために書き下ろされた虚構のエピソードと思われる。女たちが「衣の上の御情《おんなさけ》に」と懇請するように、芭蕉も曾良《そら》も僧形をしていた。本来は出会いようのない、俗世の秩序からはみ出した二様の存在が同宿するめぐり合わせになるところに、旅の偶然の興がある。「萩」と「月」をかけ離れた二つのもの（遊女と僧）の比喩としたという解釈もあり、たしかに二つの季語の共存がやや唐突だが、月光に照らされた萩の花はそれ自体優美な一情景であって、両者がそれほど相隔たった二物とは思えない。『おくのほそ道』の主人公が自分を月に譬《たと》えるはずもあるまい。僧（僧形の風狂人でもよい）と遊び女《め》とが、当然深い交わりもないまま同宿した、外には紅紫色の萩の花が咲き、そこに静かに月の光が落ちていた、と単に読んでおけばいいのではないか。一篇の短篇小説のような物語断片の挿入によって紀行文に人間臭い味わいを添えた後、最後に秋の夜の静謐《せいひつ》な一情景の描写を置き、この一段の生臭さを浄化しようとしたのである。〈萩／月＝秋〉

むざんやな甲《かぶと》の下のきりぎりす

『おくのほそ道』一六八九年（元禄二）

多太《ただ》神社（石川県小松市）に参詣し、そこに所蔵されている、悲運の死を遂げた老雄斎藤実盛《さねもり》（一一一一―八三）の遺品を見ての感慨。上五は謡曲「実盛」に「あなむざんやな……」とあるのが典拠であるから、その「無惨」をいかに鮮烈に形象化するかに俳諧師の芸が問われる。「きりぎりす」は今のコオロギのこと。五百年を超える歳月の残酷な経過に対する無量の惜念を、交尾の後にはかなく死んでゆく一匹の秋虫の細い鳴き声に託すことで、芭蕉はこの課題に応えてみせた。気紛れな連想で恐縮だが、「満州国最後の皇帝」溥儀《ふぎ》の数奇な一生を描くベルナルド・ベルトルッチ監督の映画『ラストエンペラー』に登場するコオロギを、評者はふと思い出す。幼帝溥儀は初めて見るコオロギを面白がり、それを容れた壺《つぼ》を玉座の片隅に隠す。爾来《じらい》幾星霜、流亡の日々、日本の敗戦に続く退位、ソ連軍による逮捕、戦犯として服役、不意の恩赦等、激動の半生を経て、今は一介の平民としてしがない植物園勤めの身になっている老溥儀が、観光遺跡と化した紫禁城の玉座に行き、かつての隠し場所からあの壺を取り出して蓋を開けてみると、中から生きたコオロギが這《は》い出してくる。老人の皺《しわ》だらけの顔に喜色がのぼってぱっと輝く。鳴くだけ鳴いて束の間の生を終える小さな虫の喚起する無常の感を、一方は上映時間二百十九分（オリジナル全長版）の超大作色彩映画で絢爛《けんらん》豪華にスペクタクル化し、他方は十七字の簡素な超短詩型に凝縮して封じこめた。〈きり〴〵す＝秋〉

石《いし》山《やま》の石より白《しろ》し秋《あき》の風《かぜ》　『おくのほそ道』一六八九年（元禄二）

那谷《なた》寺（石川県小松市）には、石英質の凝灰岩から成る灰白色の奇岩で知られた岩山がある。石の白さで名高いのは当時、硅灰《けいかい》岩の岩山に建つ近江の石山寺であったが（「石山秋月」が近江《おうみ》八景の一つになっている）、那谷寺の岩山の白はそれにおさおさ劣らないという風評があった。上五・中七はまずこの風評を暗示し、前書でも「殊勝の土地也」と称えられているこの那谷寺の景勝に讃《さん》を呈している。そのうえで、近江の石山よりも那谷寺の岩山よりももっと白いものがあり、それは奇岩の間を吹き抜ける秋風なのだと言っている。秋風を「白風」とする古来の約束事はあるが、「石より白し」と念を押すことで芭蕉は秋風＝「色なき風」の「白」の伝統に、硬質きわまる荒涼の気をまとわせた。それは悲傷や慟哭《どうこく》といった人間的（和歌的）情緒に湿った荒涼ではなく、石なら石という揺るがぬ物質にも比較される、非人間的・非有機的・非情緒的な荒涼である。「石山の石……」という「石」の反復は、音韻的な調子の良さを期してのことばかりでなく、情緒も余情も余韻も拒絶する無機物の現前をこれでもかと強調する役割も担っていよう。なお、近江の石山寺の方を詠んだ芭蕉の吟としては「石山の石にたばしるあられ哉」（元禄三年）があり、ここにも「石」の語の反復がある。激しい勢いで飛散するという意味の動詞「たばしる」が、一つの白（あられ）がもう一つの白（石）に当たって弾ける硬い音と感触をよく表現しえている、これもまた佳句。〈秋の風＝秋〉

月いづく鐘は沈《しづ》める海のそこ　『荊口句帳《けいこうくちょう》』一六八九年（元禄二）

敦賀《つるが》に着いた芭蕉は、中秋十五夜がたまたま雨で、月を見られぬまま、宿のあるじから鐘ヶ崎の沈鐘伝説などを聞いて無聊《ぶりよう》を慰めた。月はどこへ行ってしまったのか、海底に沈んでしまった釣り鐘ももう音《ね》を響かせることがない、と嘆きつつ、惜しみつつ、かえって見えない月の光が心象を照らし、鳴らない鐘の響きが耳朶《じだ》を打つのを体感している。すでに『野ざらし紀行』の中に「霧しぐれ富士をみぬ日ぞ面白き」の句があることを思い出してみてもよい。ところで、ブルターニュ地方のとある王国の王が、溺愛《できあい》する娘のために建設したイースという都市をめぐるケルト伝説がある。快楽と悪徳の都と化したイースは神に罰せられ、海に沈んでしまうが、長い歳月が経過した後、漁師が海に潜ると、海底のカテドラルの中に人々が集まりミサが執り行なわれていたという。ドビュッシーはこの伝承に想を得て、神秘的な和音が重層化してゆくピアノ曲の傑作「沈める寺」(『前奏曲集』第一巻)を作曲した。また、同じく彼の『ベルガマスク組曲』の中に極めつきの名曲「月の光」があるのも周知の通り。生真面目な研究者や俳人は目を剝《む》くかもしれないが、芭蕉の句の中にドビュッシーの雅《みやび》やかな旋律と謎めいた和声の戯れを聴き取るという、突拍子もない時間錯誤の振る舞いも、ときとして一興ではあるまいか。泰西仏蘭西《フランス》の近代音楽の数節を、脇句としてこ

の句に付けてみたらどうか、ということだ。〈月＝秋〉

小萩ちれますほの小貝小盃《こさかづき》

『薦獅子集《こもじししゆう》』一六八九年（元禄二）

「いろの浜に誘引《いざなは》れて」という前書がある。「ますほの小貝」は米粒か小豆《あずき》程度の大きさの淡紅色の二枚貝で、敦賀の種《いろ》の浜の名物。浜には、ますほの小貝に混ざって、それと色も形も似た萩の花屑がいちめんに散り敷き、「いろの浜」をその名にふさわしくうっすらと赤みがからせている、というのが句意。西行の歌「汐《しほ》そむるますほの小貝ひろふとて色の浜とはいふにやあるらむ」（『山家集』）を踏まえ、それにさらに萩の花の色を加えてみせたのがこの句の趣向である。洞哉《とうさい》の記した懐紙には、「小貝を拾ひ、袂《たもと》につゝみ、盃にうち入《いれ》なんどして……」とあり、それに従えば中七から下五への流れは小貝を小盃に集めたという意味になるが、この句を単独で読むかぎりでは、小萩よ、小貝にも散りかかれ、わたしの手にする小盃にも散りかかれ、で十分だと思う。というより、陸の植物、海辺の生きもの、わたしの手にする行楽用の酒器、みな小さなものばかりで愛《いと》おしい、という軽やかな心躍り（それはすでに上五のいきなりの命令形とともに始動している）のさまだけ読んでおけばそれでよく、結局は「小」の字（音）を三つ並べたリズミカルな語調の喚《よ》ぶ快感がこの句の生命のすべてだとも言える。〈小萩＝秋〉

初しぐれ猿も小《こ》蓑《みの》をほしげ也《なり》

『猿蓑《さるみの》』一六八九年（元禄二）

美濃《みの》大垣に着き、さてこれから舟に乗って川を下り伊勢に向かおうするところで、『おくのほそ道』の旅は終る。この句は九月下旬、伊勢に着いた芭蕉がさらに旅を続け、故郷の伊賀上野へ向かう途上の吟。『猿蓑』の巻頭に置かれ、書名もこれに由来する。『去来抄』に「猿蓑は新風の始め、時雨はこの集の眉目」と絶賛されている、その「新風」とは、「初しぐれ」という伝統的な詩想のトポス（常套的《じょうとうてき》主題）を継承しつつ、野生の動物を不意に擬人化してそれに感情移入し、蓑を身に着けた猿という俗にくだけた剽軽《ひょうきん》なイメージを提示して、その意表を衝《つ》いた諧謔《かいぎゃく》によって、それまで沈鬱な寂寥《せきりよう》感と決まっていた「初しぐれ」の詩情を「軽み」の方向へ再賦活してみせた点だろう。もともと「小」の字の使いかたに絶妙な手練を持つ芭蕉だが（前項「小萩ちれますほの小貝小盃《こさかづき》」など）、ここでも、猿もまたその身の丈に合った小蓑を欲しそうにしているようだという「小」の一字が、この発想を観念倒れに終らせず、イメージになまなましい現実感を賦与している。もし猿に雨具をまとわせたらという仮想は、自分自身も蓑さえまとわなければ降っては止む時雨に濡れそぼつ猿と変わるところがない、という謙虚な人間観ないし存在論へと行き着く。自然界を人間化し、翻ってまた人間界を自然化し、自然＝人間が一体となったコスモスに、驚きと笑いを孕《はら》む幽趣を漲《みなぎ》らせようとする。そこに芭蕉の求める風雅の道があった。〈初しぐれ＝冬〉

薦《こも》を着《き》て誰人《たれびと》いま（ゐ）す花のはる　『其俗《そのふくろ》』一六九〇年（元禄三）

雑踏で賑《にぎ》わう正月の都路の片隅に、見苦しい菰《こも》をかぶった乞食が一人、蹲《うずくま》っている。

行き交う人は誰も彼に目をくれようともせず通り過ぎてゆくが、ひょっとしたらどなたか高貴な方が身をやつし、あの菰の下に潜んでおいでなのではあるまいか。芭蕉の愛読していた仏教説話集『撰集抄《せんじゆうしよう》』には乞食の境涯に身を置いた高僧の話が載っており、そこから想を得た句らしいが、芭蕉自身、自分を「乞食《こつじき》の翁」と呼び（「櫓声《ろせい》波を打《うつ》て」詞書《ことばがき》）、「なし得たり、風情終《つひ》に菰をかぶらんとは」とも言っている（「栖去之弁《せいきよのべん》」）。俗世への執着を放下《ほうげ》した不可触民の自由に、彼が憧れていたことはたしかだが、ただしそこには、本心と自己演出との微妙な絡み合いがあったように思う。「狂句こがらしの身は竹斎《ちくさい》に似たる哉《かな》」（一一一頁）と自嘲ないし自負するのも「旅人と我名よばれん初しぐれ」と名乗り出るのも、自分をこう見てほしいというマニフェストであり、そこには一種のイメージ戦略さえないとは言えない。彼は絶えず「やつし」を志向し欲望し、それ自体が極めつきの俳諧的身振りだったのは間違いないが、他方、プロの俳諧師としての渡世に必須だった一種怜悧《れいり》な「政治性」——使いかたの難しい言葉だが——を研ぎ澄ますのに、その「やつし」の戦略がある効験を持ったこともまた否定しえない。そう考えてくると、この句には案外、芭蕉という稀有の文学的事件の本質をなす何かが露呈しているようにも思われてくる。〈花のはる＝新年〉

木《こ》のもとに汁も鱠《なます》も桜かな　『ひさご』一六九〇年（元禄三）

樹下、花見の宴《えん》を開いていると、汁を入れた椀《わん》にも膾を盛った鉢にも、桜の花びらがはらはらと散りかかってくる。今日、われわれも花見の席で同じ経験をすることはよくあり、情景自体は平凡だが、中七の畳み掛けの語調が春爛漫《らんまん》の浮き立った気分を生き生きと伝える、景気の良い句だ。『三冊子《さんぞうし》』はこの句に関して、「花見の句のかゝりを少し心得て、軽みをしたり」という芭蕉の言葉を伝えている。「かかり」は風情、雅趣の意。このめでたい挨拶句を立句として芭蕉は複数回、連句の興行を行なっており、それだけ自信作だったということだろう。軽みは先に触れた平凡とも無関係ではなかろうが、いっときの満開の後はかなく散ってゆく桜花の運命を考えれば、宴に漲《みなぎ》るものは何も浮かれ気分ばかりではあるまい。この句には「西行桜《さいぎょう》」の一節を前書とした真蹟《しんせき》もあり、そうであれば西行の辞世「願はくは花の下《もと》にて春死なん……」が芭蕉の頭になかったはずはない。汁も膾も、人も世界も、すべてが花びらに包まれてあるこの夢のような一刻に漲る安気な幸福は、それをひしひしと脅かす冷たい無常の感あればこそいよいよ深く身にも心にも染み透ってくる、せつない陶酔にほかならない。そう感得しつつ、奥深い「あはれ」を秘めた花の詩情はまあそれとして脇に置き、友と集ったこの一席、汁だの膾だのといった俗な喜びを、心行くまで嚙《か》み締めさせてもらおうか。この句はそう言っているようだ。〈桜＝春〉

四《し》方《はう》より花吹《ふき》入《いれ》てにほの波　『白馬《はくば》』一六九〇年（元禄三）

鳰《にお》は水鳥のカイツブリ。鳰の湖ないし鳰の海は琵琶湖《びわこ》の異名。膳所《ぜぜ》（滋賀県大津市）の俳人洒堂《しゃどう》の家（洒落堂《しゃらくどう》）を訪ねた折、そこからの琵琶湖の眺めを詠んだ句である。東西南北の湖岸いちめんが桜に埋まり、風が花びらをあらゆる方角から湖上に吹き入れている。誇張は誇張だが、この雄大な詠《うた》いぶりには魅了されないわけにはいかない。『卯辰集《うたつ》』で下五が「鳰の海《うみ》」となっているのは誤伝とも別案とも考えられるが、「波」の一語によって導入される運動感こそが貴重なのではないか。花びらを吹き入れている風は当然、湖に波を立て、その波は湖水いちめんに浮かんだ花びらを激しく、また優しく揺すっている。言葉としては登場していないが、この句の主役は花というよりむしろ風だろう。芭蕉の風景吟は、その風景を見ている主体の存在を明示的または暗示的に感知させるものがほとんどで、風景と主体が切り結ぶ一瞬に句の風姿が成立するのだが、この句の場合、「四方より」と謳《うた》い出したとたん、その風景から主体の姿は消えてしまっている。主体自体が風に溶けて飛散し、湖に吹き入れられる花びらと化して波に揺すられているとでも言おうか。〈花＝春〉

行《ゆく》春《はる》を近江《あふみ》の人とおしみける　『猿蓑』一六九〇年（元禄三）

惜春の哀切を孤心のうちに閉じ込めるのではなく、風雅の友「と」共有しようとする人懐かしさの温度にこの句の核心がある。「近江の人」という漠とした、かつまた現実感の籠もった名指しの言葉の発見が見どころである。『去来抄』は、尚白《しょうはく》がこの句について「近江」でなく「丹波」、「行春」でなく「行歳《ゆくとし》」でもいいのではと言い、それに対して去来が「湖水朦朧《もうろう》として春をしむに便《たより》あるべし。殊に今日の上に侍《はべ》る」と反論、芭蕉も「しかり。古人もこの国に春を愛する事、をさをさ都におとらざる物を」と言って去来を褒めたという問答を伝える。「近江の人」とは、琵琶湖《びわこ》の春景を愛《め》でつづけてきた往古から今日に至る風流人すべてを含むことになる。とともに、これが「丹波」などではありえないのは、ゆくはる、おうみ、おしみ（本当は「をしみ」が正しい）という柔らかな音の流れに漲《みなぎ》る、頭韻的《アリテラティヴ》な快さこそがこれを極めつきの名句たらしめているからでもあろう。なお、幾つかの真蹟《しんせき》はすべて元禄三年に成った初案に基づいて上五「行春や」となっており、それはそれでまずくはなかろうが、芭蕉は翌四年、『猿蓑』の編集が終る直前に心変わりして「行春を」と改めたようだ。「や」を「を」に替えて切れ字の働きを弱め、句の姿をより穏やかなものにしようとした。その方が惜春の情のしめやかさに適《かな》い、また先に触れた声調の柔らかさにもより親密に適合すると考えたのではないか。〈行春＝春〉

橘《たちばな》やいつの野《の》中《なか》の郭公《ほととぎす》

『卯辰集《うたつしゅう》』一六九〇年（元禄三）

橘の花の香がふと鼻をつく。と、いつかどこかの野で、この香に包まれながらほととぎすの鳴き声に耳を澄ましていた瞬間の遠い記憶が甦って、甘美な郷愁に襲われ、思わず立ちすくんでしまう。今ここには不在のほととぎすの声の幻聴をなまなましく響かせてみせたのが、この句の手柄である。もちろん「橘の花散る里のほととぎす片恋しつつ鳴く日しぞ多き」(『万葉集』)など、花橘にほととぎすを配するのも、また「五月《さつき》待つ花橘の香をかげば昔の人の袖の香ぞする」(『古今和歌集』読み人知らず)など、花橘の香から昔を想起するのも、ともに常套《じょうとう》の発想ではある。しかし、この句はこれら二つの常套を踏まえたうえで、そのエッセンスを抽出して凝縮し、「記憶をめぐるプルースト的体験」の純粋形態とでも言うべきものへ結晶させおおせてみせた。幻聴は、主体の心的空間にばかりではなく、おびただしい和歌の記憶が堆積して層をなす文化的なアーカイヴ空間自体にも鳴り響き、歴史的時間の厚みを一挙に浮かび上がらせているのかもしれない。蕉風の雅趣がかくして和歌的伝統へとさりげなく、しかし確実に接続される。中七「いつの野中の」という一見平凡な、単純そのものの言葉遣いの発見によってこれだけのことができるのかと、感歎《かんたん》せざるをえない。〈花橘／郭公＝夏〉

己《おの》が火を木々の螢《ほたる》や花の宿　『をのが光《ひ》』一六九〇年（元禄三）

樹間にちらつく螢が、みずからの光を木々の花としているというのが一つの筋。そうして出来上がった木の間の花の宿に、螢が泊まっているようだというのがもう一つの筋。それら二つの筋を縮約して成ったきわめて緊密な句。支考《しこう》が『東華集』で「錯《さく》綜顚倒《そうてんとう》の法」を実現した稀な句としているだけあって、言葉の掛かり具合が錯綜しかつ顚倒しており、意味作用の焦点がなかなか合わず、どの語がどの語に掛かるかをめぐって妙な混乱を読者の意識に引き起こす。その模糊《もこ》とした混乱の中から、先の二つの筋が徐々に立ち現われてくる過程の不透明感が、面白いと言えば面白いということになろう。「己が火を」「花」とする、であり、「木々の」は「螢」にも「花」にも掛かり、「己が火を」「花」とした結果として「花の宿」が出現し、それは「木々の」「宿」でもあり、その「宿」に安らう客として「螢」がいる……。ともあれ、螢の火が木々に咲く花のようだと言ったところまでなら、さして非凡な比喩とも思われないが、そこからさらにイメージ生成のダイナミズムがもう一段階深まり、あるいは飛躍し、「花の宿」の観念にまで至り着いているのは見物《みもの》と言うほかはない。このアクロバット的な「錯綜顚倒」を可能にしているのはむろん、格助詞「を」の手品のような使いかたである。〈螢＝夏〉

京にても京なつかしやほとゝぎす

『をのが光』一六九〇年（元禄三）

京の都でほととぎすの鳴き声がふと耳に入り、それに誘われて昔の京がしみじみと偲《しの》ばれた――そんな評釈もあるが、それでは平凡な感興句にしかならない。上五の「も」を強く読み、二つの「京」を今の京と昔の京ではなく、同じ一つの京と取って初めてこの句は生命を得る。懐かしさとは本来、距離を前提とした感情である。かつて体験したはるかな遠いものへ投げかける思慕である。ところが自分は今、京にいて、しかし自分が今いる京それ自体に郷愁を感じている。この京にいて「も」、なおかつこの京が懐かしい。このやるせない、面妖な感情はいったい何なのか、と芭蕉は驚いている。なるほどその懐かしさとは結局、ゆかしい古都ならではの、風景のそこかしこから偲ばれる歴史的記憶の厚い層から触発される思いなのかもしれないが、それはあえて理屈を付ければそうなるというだけの話だ。芭蕉が興を覚えているのはあくまで、ほととぎすの歌に触発され、「今・ここ」それ自体への名状しがたい郷愁、距離を介さない郷愁が湧き起こってきたという心の働きの、不思議と玄妙に対してである。上五「京に居て」の別形があり（『一字幽蘭集』など）、芭蕉が『蕉翁句集草稿』でそれにわざわざ言及して「違也《なり》」と念を押しているのは、助詞「も」に孕《はら》まれた驚きこそがこの句のかなめだからであろう。〈ほと、ぎす＝夏〉

蜻《とん》蜓《ぼう》やとりつきかねし草の上

『笈日記』一六九〇年（元禄三）

とんぼが草にとまろうとして、風で草が揺れ止まないせいか、細い草がとんぼの重さを支えきれないせいか、中空を上下しつづけ、どうしてもとまれないでいる。中七

「とりつきかねし」の七文字の発見がすばらしい。草の先と戯れるようにして中途半端に宙に浮かんでいるとんぼの微妙な動きを、ほんのひと筆で、余すところなく、完璧にスケッチしてしまった。これはある行為の表現でも、ある状態の表現でもなく、行為と状態のあわい——行為をしようとして、それが完遂されれば状態に落ち着くが、そこに落ち着ききれずにいる「中途」の様態の、間然するところのない描写である。芭蕉にしては稀な、興趣も風雅も盛り込まない客観写生句であるが、達人のわざと言うほかはない。「あるいは自分がどこにも定住の地を見出し得ないもどかしさが背後にあるかも。またそこまで考えないほうがよいか」で言葉を止めた井本農一の評(『松尾芭蕉集① 新編日本古典文学全集70』)は、けだし名鑑賞であろう。〈蜻蜒＝秋〉

艸《くさ》の葉を落《おつ》るより飛《とぶ》螢哉《ほたるかな》

『いつを昔《むかし》』一六九〇年(元禄三)

元禄三(一六九〇)年刊の『いつを昔』に初出の句だが、成立年代は不詳。葉末に向かって這《は》っていった螢が、だんだんとしなっていった葉の先端まで来て、そこからぽとりと落ちた、と、思いきや、ただちに態勢を立て直して飛んでいった。前項「蜻《とん》蜓《ぼう》やとりつきかねし草の上」と対をなす句として読むと面白いので、この場所に掲げる。鮮やかな写生の芸を示した二句であるが、写生の対象が昆虫、しかもそれが植物(草)との間に、運動と静止のあわいでの戯れという一種特有の関係を取り結んでいるところまで共通している。助詞「より」は動作の時間的起点を表わすところから転じて、「するや否や」の意味になる。この「より」の絶妙な使いかたによって、中七「落るより飛ぶ」は、自然現象としての落下から自発的行為としての飛翔への移行の一瞬を、的確かつ鮮烈に捉えている。「草の葉を落る……」まで縦に下る文字の連なりを目で追ってきた読者の意識は、落下の運動をおのずとなぞってゆくことになるが、直後の「……より飛《とぶ》」で、現象は行為へ、下降は上昇へといきなり転じ、それとともに、小さな生きものの生命力の発露が読者の心を温め、快く鼓舞しつつ、ある解放感をもたらしてくれる。〈螢＝夏〉

鐘消《きえ》て花の香《か》は撞《ツク》夕《ゆふべ》哉《かな》　『新撰都曲《みやこぶり》』一六九〇年（元禄三）

夕闇が深くなりまさってゆくなか、鐘の音《ね》が余韻嫋々《じょうじょう》として消えてゆく。と、あたかもそれと交替するかのように、花の芳香が強く漂いはじめる。多くの評釈は、「鐘―撞く」「花の香―消ゆ」とあるべきところを、漢詩の錯綜顚倒《さくそうてんとう》法によって「鐘―消ゆ」「花の香―撞く」と倒叙したと読み、その遊戯性から、句の成立は遡って貞享《じょうきょう》年間であろうと推定している。蕉風確立以前の、奇を衒《てら》った皮相な言葉弄《いじ》りにすぎないというわけだ。作句年代に関して判定する資格は評者にはないが、倒叙法、倒装法といった大袈裟《おおげさ》な話ではなく、単に、闇の中で花の香が強くなってゆくさまを言うのに、鐘の縁語である「撞く」という言葉を拾い上げてきて、少しばかり面白がっているというだけのことではないのか（「ツク」ということさらの読み仮名は底本のまま）。昼と夜のあわいで、撞木《しゅもく》で撞いた鐘から音が広がる代わりに、今度は花の香が広がってゆく、そんなあえかな時刻のはかない移ろいのさまを捉えようとしており、ボードレール的とでも形容したい気持に誘われる視覚と聴覚と嗅覚の渾然《こんぜん》一体となった感覚的陶酔の境地（「様々な音、様々な香りが、夕べの空気の中を廻《めぐ》る」――「夕べの諧調」『悪の華』所収）を、たったの十七音に封じ込めている。言葉遊びと言えばたしかに言葉遊びだが、風趣も真情も欠いた無内容、「心無し」の実験句とはとうてい思えない。倒叙法を強調する評釈は、常識的には本来「鐘撞きて花の香消ゆる夕哉」であるべきところを……云々《うんぬん》などと言うが、そんなものは常識以前の駄句、いや駄句ですらない単なる無ではないか。〈花の香＝春〉

病《やむ》鴈《かり》の夜さむに落《おち》て旅ね哉《かな》　『猿蓑』一六九〇年（元禄三）

「病鴈」の読みはヤムカリ、ビョウガン、どちらもありえて、当時の門人の間でも割れていたようだ。ビョウガンの音はやや重すぎて、評者には違和感がある。「夜寒《よさむ》」は夜になるとひときわ身に沁《し》みる晩秋の寒さ。「落て」は墜落してではなく地上に降りての意。病んで弱った雁《かり》が隊列から離脱し、独り地に降り立って旅寝をすることになった。「……て」止めの後、下五で主語が変わって旅寝をしているのは芭蕉自身と読むことができ、翻ってこの病んだ孤雁自体、芭蕉のセルフポートレートの趣きを帯びもする。「堅田《かただ》にて」という前書があり（堅田は琵琶湖西岸の地）、近江《おうみ》八景の一つである「堅田の落雁」を意識した吟であろうが、他方、芭蕉が実際に風邪を引き、堅田の漁師小屋で寝込んでいた事実があったことも書簡から知られている。旅寝する病雁への感情移入は実感の籠もった自己投影でもあったのだろう。この「病鳫」は詩的アレゴリーとして美しく、またきわめて強い喚起力を持っていることも間違いなく、それゆえこの句は俳聖芭蕉を人生の師として鑽仰《さんごう》しようとする読者にとっては感動的な名吟ということになろうが、ただ、あまりにも「出来すぎ」というか、作り物めいたもっともらしさの臭みをかすかに感じないでもない。生病老苦の悲愴《ひそう》を直情的に謳《うた》い上げるのは、そこにいかに深い真情が籠もっていようと、蕉風俳諧の「軽《かろ》み」とは本当は相容れない身振りのはずだ。その点、「蛸壺《たこつぼ》やはかなき夢を夏の月」（一三六頁）と比べるとやや遜色があると言わざるをえまい。〈夜寒／雁＝秋〉

月《つき》待《まち》や梅かたげ行《ゆく》小《こ》山《やま》伏《ぶし》　『伝士《でんと》芳筆全伝《ほうひつぜんでん》』一六九一年（元禄四）

「月待」は仲間が集まって念仏を唱え、酒宴を催しながら月の出を待って拝む信仰行事。どこかの家の月待ちに招かれてゆく途中なのだろう、小山伏つまり小輩の修験者が、梅の枝を肩に担いでやって来るのに行き逢《あ》ったというのである。月待ちの行事は時代とともに宗教色が薄れ、娯楽的性格が強くなっていったというが、満開の梅の花の香が匂い立つ大きな枝を無造作に担ぎ、酒肴《しゅこう》への期待に顔をほころばせながら、のっしのっしと歩いてゆく若い大柄な山伏の姿は、威勢も景気も良く、めでたい気分を掻《か》き立てる。梅の芳香は夜の空気に溶けてあたりに広がり出し、界隈《かいわい》一帯をお祭り気分で包み込むようだ。山伏が呼ばれたのは誦経《じゅきょう》のためであろうが、この剽軽《ひょうきん》な若輩者、深い信仰もないお気楽なやつだから、月見に梅の花を添えようなどという要らぬ趣向を思いつき、またそれを思いついたことに得意顔で、ただもう一夜の宴《うたげ》を楽しもうと、浮かれ気分で歩いてゆく。一句のかなめは例によって「小」の一字にあり、それが僧と梅の取り合わせの意外を正当化している。「聖」が「俗」にくだける瞬間に迸《ほとばし》るさりげない諧謔《かいぎゃく》の気に、芭蕉はつねに俳味を感じるのだ。とはいえこの小山伏も、月待ちに集った座の人々皆と同様、いざ月が昇ってみれば案外しんとした敬虔《けいけん》な気持になり、神妙な顔つきを取り繕ってみたりもするのだろうが。〈梅＝春〉

嵐山《あらしやま》藪《やぶ》の茂りや風の筋《すぢ》

『嵯峨《さが》日記』一六九一年(元禄四)

京の嵐山は麓付近に群生する竹林で名高い。去来の別荘である嵯峨の落柿舎《らくししゃ》に滞在した芭蕉の、四月十八日から五月四日までの句日記が『嵯峨日記』で、この句は四月十九日のくだりに見える。「茂り」は夏の季語で、枝葉が旺盛に生い茂ったさまを言い、その繁茂のただなかにはむろん道も筋もついていない。ところが、爽やかな風のひと吹きで枝葉が揺れ、風の通り道がひと筋くっきりと浮かび上がった。その光景に興を覚えて詠まれたのがこの句。遠くからの眺望と読む評釈もあり、その方が絵画的で鮮やかだが、同じ平面に身を置いてずっと奥まで続く竹藪《たけやぶ》を眺めていると取ってもそれはそれで良いのではないか。風は本来、肌で感じることはできるが、視覚によっては捉えられない大気現象である。ところが、藪の枝葉の揺れという換喩《メトニミー》を介して、風は不意に目に見えるものとなる。しかも、無方向・無秩序のマッスだったもののただなかに、ひと筋、くきやかな道が通るのだ。その爽快感、そして開放感。十九世紀英国の女性詩人クリスティーナ・ロセッティも謳《うた》っている――「誰が風を見たの?/

わたしもあなたも見ていない／でも　葉むらが震えて　そのとき／風は通りすぎてゆく」（「風」拙訳）。〈茂り＝夏〉

うき我をさびしがらせよかんこどり

『嵯峨日記』一六九一年（元禄四）

「うき」は「憂き」、閑古鳥は郭公《かっこう》の異名で、もの寂しさの譬《たと》えに使われ、「閑古鳥が鳴く」という慣用句が現在に生き延びている。閑古鳥よ、おまえの鳴き声で、もの憂いわたしをさらにいっそう淋しがらせてくれ。『嵯峨《さが》日記』四月二十二日のくだりで、芭蕉は「喪に居る者は悲《かなしみ》をあるじとし、酒を飲《のむ》ものは楽《たのしみ》〔を〕あるじとす」と言い、西行《さいぎょう》の「とふ人も思ひたえたる山里の淋しさなくば住み憂からまし」（『山家集』）も「さびしさをあるじなるべし」ということだと解釈する。さらに同じ西行の「山里に誰《たれ》を又こは呼子鳥ひとりのみこそ住まむと思ふに」（同）（芭蕉の記憶違いで引用は異形。なお呼子鳥も郭公の異名）、また歌人木下長嘯子《ちょうしょうし》の「客は半日の閑《かん》を得れば、あるじは半日の閑をうしなふ」という言葉を引いたうえで、この句を掲げ、「とは、ある寺に独居《ひとり》て云《いひ》し句なり」と締め括っている。独居の鬱屈がないわけではないが、自分はむしろ「さびしさをあるじ」として生きていきたい、そのためにむしろもっと淋しさをつのらせてくれ、と仄《ほの》かな逆説を籠めて祈願している。見られる通り、重層的な引用の戯れを経た挙げ句、そのエッセンスを結晶させた句として、二年前の自作が記憶から喚《よ》び起こされてきたのだが、ただし伊勢長島の大智院《だいちいん》で元禄二年九月に成ったその旧作は、「うき我をさびしがらせよ」の後の下五が「秋の寺」であった。現在の境遇と「呼子鳥」に言及する西行の歌の想起とによって、「秋の寺」が「かんこどり」に置き替えられ、かくして秋の句が夏の句に読み替えられた。この読み替えに俳諧がある。〈かんこどり＝夏〉

凩《こがらし》に匂《にほ》ひやつけし帰花《かへりばな》　『後《のち》の旅』一六九一年（元禄四）

「帰花」は、初冬の小春日和《びより》に草木が時節はずれの開花をすること。思いがけず返り咲き、狂い咲きをした赤い花が、木枯らしを鮮やかな彩りで染め上げてくれた。「ニホヒ」の語源を、『岩波古語辞典』は、ニ（丹）は赤色の土、転じて赤色を、ホ（秀）は抜きん出て表われているところを指すと説明している。赤い色が浮き立つというのが原義で、転じてものの香りがほのぼのと立つという意味にもなる。この句でも色彩が第一義であろうが、意味の広がりに従って、嗅覚で捉える香りにまで及んでいると取っても構うまい。他方、蕉風俳諧において、「匂ひ」が一種の美学的概念として洗練されたのは周知の通り。句の気分・情調が「匂ひ」で、連句において前句の余情・余韻を感じ取り、それに応じて付句するのが「匂ひ付け」である。思いがけなく開いた花が、身にこたえる殺伐とした冷たい冬風に、こうした含意のすべてを籠めて「匂ひ」を付けてくれたというのである。発想の観念性・人工性は覆うべくもないが、本来は透明で、ただ触覚的圧力としてのみ感知される苛酷な風が、不意に視覚や嗅覚の対象として立ち現われ、人間的な優しみを帯びるに至るという想像力は魅力的ではないか。「凩」は芭蕉の特権的な主題で、木枯らしについても「木枯に岩吹《ふき》とがる杉間かな」「木枯やたけにかくれてしづまりぬ」など、名吟が多い。〈凩／帰花＝冬〉

水《すい》仙《せん》や白き障《しやう》子《じ》のとも移り

『熱《あつ》田《た》皺《しわ》筥《ばこ》物語』一六九一年（元禄四）

熱田の俳人・梅人《ばいじん》（伝未詳）の家に滞在した折りの吟。「とも移り（映り）」は相互に映り合うの意。床《とこ》の間に生けてある水仙は恐らく一輪挿しであろう。あるじの簡素で趣味の良い美的生活を称賛する挨拶の句だ。白と白とが映発し合っているわけだが、一方は可憐《かれん》な花弁の白、他方は平面として広がる張りたての障子の和紙の白で、大きさもマテリエルも異にする二種の白が静かに交感している室内空間の美的秩序が心地良い。むろん水仙自体が直接、障子に影を落としている必要などさらさらない。水仙は水仙、障子は障子として離れて在って、しかしその距離を越え、それぞれの「白」が視界の中で繊細に響き合う。障子の「白」は、白という名の固有色であるよりはむしろ、その裏側に注がれている外光が紙の肌理《きめ》に濾過《ろか》され、外から内に滲出《しんしゅつ》してきた耀《かがよ》いとでも言うべきものだろう。とすれば、それと「とも映り」している水仙の「白」もまた固有色ではなく、やはり同種の光の耀いとして感知されよう。物体の表面に光が衝突して震動し、その共振を通じて、諸物体の相互間でいたるところに「映り合い」が起きている。そう考えてみるなら、「とも映り」の世界像とは、「固有色」の概念自体を否定し、自然界の表層を光の戯れの場へと解体していった十九世紀後半フランスの印象派の画家たちの色彩観に接近すると言ってもよい。モネの手になる積《つ》み藁《わら》は、ルーアン大聖堂は、ジヴェルニーの自宅の庭の睡蓮《すいれん》を浮かべた池の水面《みなも》は、他でもない、まさに「とも映り」の視覚世界なのではなかったか。〈水仙＝冬〉

名月や門《もん》に指《さし》くる潮《しほ》頭《がしら》　『芭蕉庵《ばしようあん》三日月《みかづき》日記《にっき》』一六九二年（元禄五）

この年の五月中旬、芭蕉は新芭蕉庵に移り住むが、これも旧居の近く、小名木《おなぎ》川が隅田川に流入する三《みつ》またのほとりにあった。隅田川下流のこのあたりは満潮になると東京湾の海水が逆流し、川の水位が上がる。この句は、中秋の名月の頃、庵の門口《かどぐち》まで海水の波頭がひたひたと寄せてくるさまを詠んでいる。欠けるところのない満月の充実と、流れに逆らって満ちてくる潮の勢いとを呼応させ、自然界の活力の横溢《おういつ》を言《こと》祝《ほ》ぐ景気の良い句とまずは読める。しかし、家の門のきわまで押し寄せる水は、その勢いがいつ度を越して住人の暮らしを危うくするとも知れず、いかに風流人とはいえ、川面《かわも》に映る月影の美に見とれて暢気《のんき》にうっとりしてばかりはいられまい。自然への愛の裏面には、それへの畏れも、また恐れもぴたりと張りついている。かつて江戸は運河の四通する水の都であった。人々は水に囲まれ、水の表情に気候や季節を感じ、水を交通に利用し、水の流れで地理を把握し、水の氾濫に怯《おび》え、要するに絶えず水を意識しながら暮らしていた。芭蕉も当然この関心を共有し、都のはずれ、二つの川が交わるあたりに草庵をいとなみつつ、潮の運動で流れが反転し水位が一気に上がる、都心には見られないこの野趣ある風景に、大きな興趣を覚えたのだろう。ただしそれは、大水でも出てそれに呑《の》まれれば生の基盤がひとたまりもなく崩れ去る、人の世の無常への諦念によって翳《かげ》りを帯びずにいない興趣でもあった。〈名月＝秋〉

秌《あき》に添《そう》て行《ゆか》ばや末は小《こ》松《まつ》川《がは》　『陸奥鵆《むつちどり》』一六九二年（元禄五）

「女木沢桐奚興行《をなぎざはとうけいこうぎやう》」の前書がある。女木沢は、小松川（中川）から分流し隅田川に注ぐ小名木川のことで、ほぼ東西方向に伸びる長さ約五キロメートルの運河である。芭蕉らは九月末、小名木川を東へ遡って桐奚（江戸蕉門の俳人）亭を訪れ、連句の興行を行なった。行く秋を歎賞《たんしょう》しつつ、惜しみつつ、どこまでも行こうではないか、小松川に至るまで、と言っている。「行」「末」が秋の終りも含意していることは言うまでもない。秋は「行」きつつあり、つまり動いており、そこから上五「秌《あき》に添て」という絶妙な発想が生まれる。具体的には、川沿いの風景のまとう秋色をいちいち愛《め》でながら、の意であろうが、字面を真っ直ぐに受け取るかぎり、去りつつある秋という名の友に同伴して、――その友との別れの瞬間をできるかぎり先に延ばそうとして、という擬人法の意味の層が濃密に浮かび上がってくる。『笈《おい》の小文』中の「行春《ゆくはる》にわかの浦《うら》にて追付《おひつい》たり」（一三三頁）と対をなすとして読んでみたい句である。「行春に……」は、ひとたび別れてしまった春にようやく追いついたという喜びを語るが、「秌《あき》に添て……」の方にはこうしたドラマティックな出来事性はなく、代わりに、別れがたい秋にずっと寄り添ってゆくという穏やかな身振りの持続があり、その全体に沁《し》み透った優しみがある。ゆるやかに移動してゆく（舟行であろうか）経路がここでは東西に真っ直ぐ延びた運河であったという地理的条件も、この柔和と優閑の表情を生む一因となったか。〈秋＝秋〉

郭公《ほととぎす》声《こゑ》横たふや水の上

『藤の実』一六九三年（元禄六）

荊口《けいこう》宛て書簡に、「水辺之ほとゝぎす」を詠む気になり、「ほとゝぎす声や（「声横《よこた》ふや歟《か》」と傍記）横ふ水の上」「一声《ひとこゑ》の江《え》に横ふやほとゝぎす」の二句を得て、「ふたつの作いづれにやと、推稿（敲）難定《さだめがたき》」次第になった経緯が語られている。「声や横ふ」の穏やかなくつろぎ、「一声」の鋭い迫力、それぞれ取り柄があると思うが、ここではそれは措く。それより、蘇東坡《そとうば》「前赤壁賦《ぜんせきへきのふ》」の「白露江に横たふ」を引きつつこの書簡で芭蕉が記している、「横、句眼なるべし」のひとことにこそ喫緊の重要性がある。本来、ほととぎすの声は「縦」に立つはずという通念を前提としたうえで、それを水上に「横」たえてみせたのがこの句の手柄なのだ。「本来」「通念」が言いすぎならば、こう言い換えてもよい——「声横たふや」という特異な空間＝音響現象にまず驚く読者は、そこから翻って、水のないところに響くほととぎすの鳴き声が、いきなり垂直に立って天めざして上昇し、虚空に溶け入って消えてゆくさまに耳を澄ますという、あの馴染《なじ》み深い聴覚体験の記憶へと遡り、それを改めて反芻《はんすう》することになるのだ、と。字面《じづら》のうえでは語られていない「縦に立つ声」が、「横たわる声」の背後から、幻聴のように聞こえてくるところにこの句の興趣がある。「横たわる声」自体の意味は、水上を鳴きながら飛翔し去ったとも、去った後に残響のたゆたいと広がりが知覚されたとも取れ、そのどちらでも、あるいは両方でもよい。〈郭公＝夏〉

旅人のこゝろにも似よ椎《しひ》の花

『続猿蓑』一六九三年（元禄六）

「許六《きよりく》が木曾路《きそぢ》におもむく時」の前書がある。江戸勤番中に蕉門に入り、芭蕉に親炙《しんしや》した彦根藩士森川許六の、帰郷に当たって芭蕉が与えた餞別句《せんべつく》であるが、許六編の『韻塞《いんふたぎ》』には、「椎の花の心にも似よ木曾の旅」とあり、むろんそちらが初案であろう。太刀を佩《は》き行列を従えた仰々しい公務の旅のさなかでも、風雅の心は忘れぬようにと戒めている。椎はブナ科の常緑高木の総称で、陽暦六月頃、雌雄別々の穂状花をつける。目立たない、冴《さ》えない花である。この初案がつまらぬ訓戒句でしかないことは言うまでもない。しかし、底本に収めるに当たっての改作に、婉曲語法《えんきょく》（顚倒語法《てんとう》）によってこのあからさまなお説教調を抑制しようとした工夫しか読まないようでは、「旅人のこゝろにも似よ……」の句の世界を小さく貧しくしてしまうだけだろう。地に根を生やして動かない椎の木に、芭蕉は旅人の心を求めている。どっしりと聳《そび》える高木に咲く目立たない穂状花に、行方《ゆくえ》定めぬ漂泊の想いを投影するこの意想外の擬人法。それに託されているものは、自然界の可憐《かれん》な個物のいちいちへ注がれる温かな愛であり、さらにはそれを超え、絶えざる生々流転の相の下にあるこの世界のピュシスをめぐる、静はつねに動であり、動はつねに静であるとする、壮大なコスモロジーでさえあろう。〈椎の花＝夏〉

しら露もこぼさぬ萩《はぎ》のうねり哉《かな》

『真蹟自画賛』一六九三年（元禄六）

秋風と言っても、まださほど寂寥《せきりょう》の気を孕《はら》んでいない初秋の微風に吹かれ、萩の花枝がゆったりとうねっているが、絶妙に保たれたバランスのゆえに、花弁に溜まった白露はこぼれない。もし中七が「こぼれぬ萩の」であれば（『栞集《しおりしゅう》』での別形はそうなっている）、句意の説明はここまでで止まるが、「こぼさぬ」という最終形を得ることで、単にこぼれないのではなく、こぼすまいという心遣いをまるで萩自身が示しているかのようだ、というところまで句意は深まる。何も、擬人法などというしゃらくさい修辞技巧を凝らしてそうなったわけではあるまい。一木一草に——自然を構成するありとあらゆる取るに足りぬ細部に、内側から感情移入することのできる感性と、小さな生の輝きを簡潔で的確な言葉によって捕捉できる技倆《ぎりょう》との、稀な結婚によって成ったのがこの句である。わずかな空気の動きを見逃さない緻密《ちみつ》な観察力と、それを鮮明な表象に転じうる犀利《さいり》な描写力の発揮によって可能となった、めざましい一成果と言える。静と動とのせめぎ合いが微妙きわまる均衡を達成する一瞬が捉えられているという点で、前述の「蜻蜓《とんぼう》やとりつきかねし草の上」（一七一頁）や「艸《くさ》の葉を落《おっ》るより飛螢哉《とぶほたるかな》」（一七二頁）を思い出さないわけにはいかない。〈しら露／萩＝秋〉

入《いる》月《つき》の跡は机の四隅《よすみ》哉《かな》

『句兄弟《くきょうだい》』一六九三年（元禄六）

榎本東順《えのもととうじゅん》（其角《きかく》の父）への追悼文「東順伝《とうじゅんのでん》」の末尾に置かれた句。「東順伝」は、六十代初めに俗世のなりわいを捨て、「市店を山居にかへて、楽《たのし》むところ筆をはなたず、机をさらぬ事十《と》とせあまり」といった清廉《せいれん》な晩年を過ごし、享年七十二で逝った亡き文人の徳器を偲《しの》んだ文章。月が山に隠れるように東順が没した後、主を失った机がただひっそりと微光の中に浮かび上がっている。平時、紙が、硯《すずり》が、筆が、書籍がそこに置かれ、人の日々の仕事の現場として機能しているかぎり、机の四方の角など誰も意識もしない。しかし、いざ主が去り、机の上も片づけられて何もなくなってしまうや、白々とした裸の姿をさらしている机面の、外縁の四隅が妙になまなましく目に映じる。むしろ逆に、その四隅こそが机面のむなしい広がりを際立たせていると言うべきか。主が健在だった頃も、意識にはのぼらないながらも四隅はあり、四隅があるからこそ机はあり、それに拠《よ》って主は読み書きを愉《たの》しむことができたのだ。してみると、「机の四隅」とは結局、死それ自体の謂《い》いなのではあるまいか。現代の小説家古井由吉は「机の四隅」と題する短篇で、芭蕉の死生観と対話しつつ、生きながら死がすでに根深く浸潤している日常坐臥《ざが》の意識の持続を、鮮やかに言語化している(『鐘の渡り』所収)。薄暗がりに沈みこみ、しかし絶えずひっそりと存在感を主張しつづける「四隅」。それに脅かされつつ、また慰められつつ、燈火の下《もと》、机の真ん中に紙を広げる「書く人」の静かな佇《たたず》まいがそこにはある。〈月＝秋〉

菊の香や庭に切《きれ》たる履《くつ》の底　『続猿蓑』一六九三年(元禄六)

菊の香の雅致は王朝和歌の世界に属するが、裏返しに転がった破れ草履《ぞうり》がそれに寄り添ったとたん、蕉風俳諧ならではの野放図な詩趣が匂い出す。重陽《ちょうよう》の節句(菊の節句)は本来陰暦九月の行事だが、菊の花が不十分であったため、山口素堂《そどう》の家の観菊の宴が月遅れで十月に催された旨、前書に記されている。その事情まで勘案すれば菊は残菊で、冬の季語となり、実際、底本でも冬の部に収められている。菊の芳香を称えつつ、それに配するに底を見せた古草履をもってするという雅俗混淆《こんこう》の趣向は、あるじの素堂の気取らない人柄への讃《さん》でもあろう。すり切れた草履の一つや二つ、客が来る前に片づけておけばいいのに、あえてそんなものを放りっぱなしにしたまま観菊を楽しもうとしている無頓着に、風流の心の真髄があると言っている。その気取りのなさは、暦を形式的に墨守することはせず、「菊花ひらく時 則《すなはち》 重陽」（前書）とする柔軟なプラグマティズムにも通じ合う。菊の節句がひと月遅れたこと自体を、まず芭蕉は面白がっているのだ。「初冬」を強調しつつ「なを《ほ》秋菊を詠じ」るところに興があると言っている前書を尊重し、草木が盛りを過ぎた冬の庭の侘《わび》しさを背景として思い描かねばなるまい。ちなみに、西脇順三郎に次のような詩行がある――「なでしこの花の模様のついた／のれんの下から見える／庭の石／庭下駄のくつがへる／何人もゐない／何事かある」（『旅人かへらず』「一〇七」）。〈菊の香＝秋〉

むめが、にのつと日の出る山路かな

『炭俵《すみだわら》』一六九四年（元禄七）

梅の香が漂う山路を行くうちに、不意に朝陽が射してきた。名句として知られるが、内容としてはそれだけのことしか言っておらず、興は結局、「のっと」という擬態語の使用に尽きている。くだけた話し言葉の中にしか場所を占めない「のっと」（現代語では「ぬっと」に当たるか）が、いきなり俳諧に現われたので、皆驚いた。そういうことだろう。其角《きかく》は、門人たちがこれを真似て「きっと」「すっと」などと言い出した風潮に触れ、そういう亜流と異なり「師の『のつと』は誠の『のつと』にて」云々と言っているが（去来『旅寝論』による）、贔屓《ひいき》の引き倒しの感もなくはない。なるほど、朝ぼらけの東空が少しずつ明るんできたかと見るうちに、いきなり一条の朝陽が山の稜線のきわからさっと射しこんできた、その瞬間の驚きを摑《つか》み取った表現として、「のっと」が面白くないとは言わない。前項「菊の香や庭に切《きれ》たる履《くつ》の底」での「菊の香」に「破れ草履《ぞうり》」という取り合わせと相同の雅俗混淆《こんこう》の趣向が、ここでは「梅の香」に「のつと」という取り合わせという形をとったわけだ。ただ、蕉風俳諧の理念である「不易流行」のうち、「流行」の部分を担うこうした俗語表現の衝撃が、歳月の経過による言語コードの変遷とともに弱化し風化してゆくのは不可避であり、今日この句をなおこのままの形で心から歎賞《たんしょう》できるかということになると、やや心許《こころもと》ない。「のっと」は今や、諧謔味《かいぎゃくみ》をとやかく言う以前の、漫画の吹き出しのようではないか。〈梅＝春〉

八《はっ》九《く》間《けん》空《そら》で雨ふる柳哉《かな》

『こがらし』一六九四年（元禄七）

「八九間」は高さなのか、それとも柳の枝葉の広がりの横幅なのか。八間は約十四・五メートル、九間は約十六・四メートルで、高さとしては誇張が過ぎるし、広がりとしても一本の柳と見るには無理がある。陶淵明《とうえんめい》「帰田園居」中の「草屋八九間、楡柳《ゆりゆう》後簷《こうえん》を蔭《おほ》ひ」（簷は「のき」「ひさし」の意）からの影響を指摘する古注に拠《よ》りつつ、柳の立ち並ぶ差し渡し十数メートルほどの空間が、空を見上げればたしかに雨が降っていると見えるのに、地上に立つ自分には雨滴が降りかかってこない、そんなさまになっている、と解しておく。細い柳葉の繁りの中に雨滴が紛れ、地上にまで雫《しずく》が落ちてこない、まるで「空で雨ふる」だけであるように見える、それほどまでにひっそりとしめやかな春雨の降りようなのだ、と言っている。「八九間」という具体的な数字が醸成する現実感がこの句の命であるが、要は、世界には普通に雨が降っているのに、ある特定の空間内にだけそういう特殊な印象が生じており、そこから発する興があったということだ。柳はここで、地中に深くどっしりと根を張っているという側面を捨象され、細かな雨滴そのものに紛れてしまうような細葉の繁りを空中に広げた——まるで「空で」のみ存在しているような——「空気的《エアリー》」な樹木として表象されている。そのとき、そのさまに見入っているわれもまた「空気化」せずにはいない。あたかも雨、柳、われのすべてが一体化して「軽み」を帯び、「空」に向かって拡散してゆくかのようだ。〈柳＝春〉

卯《う》の花やくらき柳の及《およ》びごし

『炭俵』一六九四年（元禄七）

けざやかな白を誇示する卯の花と暗闇に沈みこんだ柳が隣り合っており、柳が枝を揺らせて卯の花に触れようとしているが、その触れかたがおずおずとしていて「及び腰」だというのである。芭蕉の句の中でもっともエロティックなものの一つであろう。「柳眉」「柳腰」などという表現から、われわれには柳に何となく女性性を投影してしまう思考習慣があるが、ここでは柳が男、卯の花が女であってもいいし、もちろんその逆でもよく、あるいは両者が同性であってもいっこうに構わない。というよりむしろ、男女の性差を超えた「性」それ自体の、ないしまったき交合へ至り着く手前での、他者からの誘惑の身振りそれ自体の、原初の姿が匂い立っていると言うべきか。『碧《へき》巌録《がんろく》』の「柳暗花明《あきら》十万戸」が念頭にあるのだろうが、それにしてもこの柳の「暗さ」は何とも不気味で恐ろしい。異界からじわりじわりと浸潤してきて、今を盛りと咲き誇る現世の生を脅かす、異形のものでもあるかのようだ。いっそ「死」それ自体でもあるかのようだ。「及び腰」で誘惑にかかる「死」によって「生」が脅かされること――あるいはそれこそ「性」そのものの端的な定義なのだろうか。柳を擬人化し、その枝の揺れように、ためらうようなしとやかさを見る句としてはほかに、「はれ物にさはる柳のしなへ哉」がある。〈卯の花＝夏〉

紫陽草《あぢさゐ》や藪《やぶ》を小庭の別座鋪《べつざしき》

『別座鋪』一六九四年（元禄七）

最後の旅に出立するに当たって、五月上旬、門人子珊《しさん》の家で巻かれた歌仙の立句。

「別座鋪」は母屋から離れた座敷の意。「別」の視点に身を置くや、表座敷から見る表庭の光景とはまた違った眺めが開ける。俳諧師が言葉に結晶させようと試みるのは、その「別」の景色でなくてはならない。この「別」の字、また「小庭」の「小」の字、それぞれが力を発揮して、詩趣の漲《みなぎ》る小宇宙《ミクロコスモス》を鮮やかに形成し遂げている。藪《やぶ》をそのまま「小庭」にするという無頓着は、あるじの子珊の風流を心得たこだわりのない人柄の表われで、この句はそれを言祝《ことほ》ぎつつ、華やかながら気取りのない紫陽花がこの「小庭」にはよく似合うと言っている。住まいの奥まった場所にひっそりと存在する幸福な小宇宙《ミクロコスモス》への讃《さん》は、その裏面に、近々こうした定住の愉楽を棄て、またふたたび不安定な旅寝の暮らしに入っていかねばならぬという歎息《たんそく》が張りついているかのようだ。五十一歳になった芭蕉は五月十一日、留別吟「麦の穂を便《たより》につかむ別《わかれ》かな」を残し、帰郷の途につく。麦の穂のような頼りないものを頼りにするほかない、そんな心境だというのである。以来、十月十二日、大坂で客死するまで、ふたたび江戸に帰ることはなかった。〈紫陽草＝夏〉

六《ロク》月《ぐわつ》や峯に雲置くあらし山　『句兄弟』一六九四年（元禄七）

嵐山の頂の上に入道雲が居座って、いっかな動こうとしない。豪快な夏景色を浮かび上がらせるにふさわしい、雄偉壮大な句姿である。そよとも風が吹かない、耐えがたいほどの炎暑の日だが、ふと目を遠くへ投げると、色彩のコントラストが目に鮮やかな、青空と白雲と緑豊かな山峰からなる爽快な眺めがあり、それがこの酷暑の重苦しい不快をいっとき晴らしてくれる。「置く」という動詞の発見がこの句の見どころだ。峰と雲の関係をどう表現するか。雲が「かかっている」ではもちろん平凡で興がない。空気が動かず、暑熱が天から重くのしかかっているような気象に加え、雲が山の頂のさらに上方に高く聳《そび》え立ち、山を押さえつけているようなさまを、ひとことで何と言えばいい。芭蕉自身、「雲おく嵐山といふ句作り、骨折りたる所」（『三冊子《さんぞうし》』）と言い、「雲置く」という苦心の表現を誇っている。運動を欠いた、堂々たる不動の絵のようでありながら、地名の一部である「嵐」の一語がじわりと意味の磁場に作用して、夏空に潜在しいつ現勢化するかもしれぬ気象の波瀾《はらん》を暗示しているかのごとくでもある。なお、「六月」はロクガツと音読すべきで、もし「みな月」と訓に読んだ

ら「語勢に炎天のひゞきなからん」（『古今抄』）と文考が言うのはむろんその通りだろう。〈六月＝夏〉

朝露によごれて涼し瓜《うり》の土　『続猿蓑』一六九四年（元禄七）

早朝、畑に出て目を留めた真桑瓜《まくわうり》の印象を詠んでいる。瓜が汚れているのは土にまみれているからで、涼しげに見えるのは露に濡れているからだ。すなわち「土」＝「汚れ」、「朝露」＝「涼し」という二組の観念連合のペアがあるのだが、句の語順においてそれをばらして相互嵌入《かんにゆう》させ、結果的に「よごれて涼し」という意表を衝《つ》いた中七を現出させた。この「よごれて涼し」が面白い。二組のペアが混淆《こんこう》することで、汚れ＝即＝涼味という意外な命題が立ち上がる。実際、まだ収穫されず土が付いたままの瓜が誇示しているものは、手付かずの新鮮さにほかならず、その鮮度に、まだ気温が上がっていない夏の早朝の空気の爽やかさが響き合っているというわけだ。下五に「瓜の泥」という別案があり、どちらを採るか芭蕉自身迷いつづけた形跡があるが、液状化した「泥」においては、すでに最初から「土」と「露」とが混ざり合ってしまっている。本来、「土」と「水」は、別々の四大＝基本元素である。汚す「土」と濡らす「露」は、バシュラール的に言うなら、それぞれ別系列の「物質的想像力」に帰属するイメージなのだ。従ってここではやはり「泥」でなく「土」を採って、まず「土」と「露」という異質な二物質を提示し、そのうえで「汚れ」＝「涼し」の混淆の戯れへとイメージを展開してゆく方が、興趣がいっそう深いのではないか。〈瓜／涼し＝夏〉

夏の夜や崩《くづれ》て明《あけ》し冷《ひや》し物　『続猿蓑』一六九四年（元禄七）

六月十六日、膳所《ぜぜ》（大津市）の曲翠亭《きよくすいてい》での納涼の会でこれを立句とする歌仙興行が行なわれた。一期一会の寄り合いを楽しんで思うさま飲み喰らい語り合っているうちに、ふと気づけば夏の短夜《みじかよ》は早くも白々と明けかかって、一同は疲労困憊《こんぱい》し、もてなしの「冷し物」（野菜や果物を水で冷やした料理）もすっかり温まり、崩れた残骸をさらしている。会の冒頭で出された句であるから、そのときはまだ宵の始まりで「冷し物」も崩れておらず、実景を詠んだ句ではない。宴が果てた後の「崩れ」のさまは、めでたい気分とも美しい景色とも無縁で、穏やかな挨拶から座を遊戯に引き込む役割を果たすべき歌仙の起句としては、やや異例と見える。連句会で歓を尽くした結果としての「崩れ」である以上、それが単に厭《いと》わしい崩壊の姿とは異質なものだとしても、である。しかし翻って考えてみるなら、「崩れ」は人の世の、だけではなく物理世界それ自体の宿命である。熱力学的に言えばエントロピー（無秩序性）は一方的に、不可逆的に増大しつづけ、森羅万象は刻々「崩れ」てゆく。芭蕉はこの宿命を端的に指し示し、風雅の交わりも俳諧の創造も「崩れ」の時間の外には逃れられず、可能なのはただ「崩れ」の過程を受容し、ばかりかそれを積極的に享楽することだけだと言っているのだろう。ちなみに評者はこの句を口ずさむといつも、もう一つの佳句「秋の夜を打崩《うちくづ》したる咄《はなし》かな」を同時に想起しないではいられない。もちろん「崩れ」の内実は両句で大いに異なるのだが。〈夏の夜＝夏〉

秋ちかき心の寄《よる》や四畳半

『鳥の道』一六九四年（元禄七）

約三メートル四方の「四畳半」という空間は、茶室の標準的な仕様に採用されているだけのことはあって、わが国における人と人との寄り合い＝「座」の環境として、ある特権的な意味と価値を持っている。それは特殊な「寄り添い」の情緒を醸し出す空間である。四畳半に二人で対座し、ないし数人で座を囲むとき、そこには、それよりも広い座敷での人の集まりにはない、一種特別な親密感が生まれることになる。小ぢんまりとした居心地の良い狭さが人々の身体を近づけ、同時にまた心をも近づけるのだ。毎日のように続いて軀《からだ》も心も疲れさせていた盛夏の熱暑が、折しもようやく和らぎ、空気の中に秋の気配が漂い出して、寄り合った人々の表情にも安堵《あんど》とくつろぎが見えている。句の「付け合い」を人との「付き合い」として愉《たの》しもうとする余裕がやっと生まれた。大津の蕉門の一人木節《ぼくせつ》の家での作であり、この句を立句とする歌仙が興行された。「心の寄り」を客観空間のうちに定位し、集団制作の場をしとやかに開いてみせる功徳を備えた、極めつきの発句と言ってよい。なお、意味のうえでは直接の繋《つな》がりはないながら、「ちかき」「寄」という縁語が連なり、それによって一句の

姿がなだらかな流麗感をまとうことになった点も注目に値する。〈秋ちかき＝夏〉

皿《さら》鉢《ばち》もほのかに闇《やみ》の宵《よひ》涼み

『其便《そのたより》』一六九四年（元禄七）

夕餉《ゆうげ》の後、深まってゆく宵闇の中、灯もともさずに夕涼みをしていると、片づけないまま放っておいた膳の上の皿や鉢が幾つか仄白《ほのじろ》く浮かび上がっている。皿鉢（底の浅い鉢）がたった一つ、ぽつんと浮かび上がっているとも読めて、その淋《さび》しい光景にもそれなりの興趣はあるが、いろいろと形の違う複数の皿や鉢が――と取った方がやはり面白いのではないか。電気のない時代の夜の闇の深さを想像しないとこの句はわからない。実際には夕餉をともにした仲間もいただろうが、この句に表現されている境地は徹底的な孤独である。すべてが闇の中に沈み込み、あるいは刻々そうなりつつあり、昼間ははっきりとした輪郭を持っていた人や事物が、不分明な境界のあわいに紛れ、消えてゆく。世界にはもうただ、おれ一人しか残っていないのではあるまいか。しかし、人の世の宿命としてのこの孤独も、そう悪いものではない。そんな気もする。

飯も喰って一応腹もくちくなった。日中はあんなに厳しかった暑さも、闇が濃くなるにつれてようやく和らぎ、わずかながら夕風の立つ気配もある。仄かに浮かび上がる器物の輪郭に目を凝らしながら、くつろいだ、しんと静まった心で、おれは孤独だが、しかしこの孤独は惨たる寂寥《せきりょう》ではないな、ここには悲傷はないなと芭蕉は呟《つぶや》いている。皿や鉢の、ものとしての現前が、彼の孤独を柔らかく慰藉《いしゃ》してくれているからだ。

〈涼み＝夏〉

風《かぜ》色《いろ》やしどろに植《うゑ》し庭の萩

『猿雖本三冊子《えんすいぼんさんぞうし》』一六九四年（元禄七）

「風色」「風の色」は風が吹きあたって草木の花や葉を揺らすさま、「しどろ」は秩序なく乱れたさま、整わないさまをいう。藤堂玄虎《とうどうげんこ》邸に招かれ、造園途中の庭を見ての挨拶吟。作庭が見事に完成した光景ではなく、未だそこに至らず雑然と植えられた萩《はぎ》が風に揺れ、まとまりのないさまがひときわ目立つ趣きを、かえって面白いと見ている。『三冊子』に、上五を「風吹くや」か「風色や」かで迷い、「度々吟じ」た挙げ句、「色といふ字も過ぎたるやうなれども、色といふかたに先づすべし」という結論を得たという記述がある。整然たる秩序を消したい気持の延長に、際立った「色」をも消したい気持がおのずと湧いた。「風色」という言葉自体、雅《みやび》な詩趣が強く出すぎて「軽み」に欠けるのはたしかだ。「色」とは風情、気配であるが、「白栲《しらたへ》の袖のわかれに露おちて身にしむ色のあきかぜぞ吹く」（定家『新古今和歌集』）や、その本歌とされる「吹き来れば身にもしみける秋風を色なきものと思ひけるかな」（紀友則《きのとものり》『古今和歌六帖』）などでは、あからさまな恋情の意味である。きぬぎぬの別れに際して振り絞られた「紅涙」の紅をさえ暗示する。それでは「過ぎたる」ことになるのは当然で、そこで単に「風吹くや」ではどうかという話になるが、それではやはりあまりにもぶっきらぼうでさまになるまい。萩の花の紫紅色を風に移して、あるいは映してみたいという気持が結局勝ち、微妙なバランスの下で、あえて「風色や」が採られたということだ。〈萩＝秋〉

名月に麓《ふもと》の霧や田のくもり　『続猿蓑』一六九四年（元禄七）

故郷伊賀上野に新庵《しんあん》（無名庵）が落成し、その披露を兼ねた月見の宴が開かれた際の吟。歎賞《たんしょう》おくあたわざる一幅の見事な風景画である。見上げれば、中天には皓々《こうこう》と照る十五夜の満月がかかっている。そこから視線を徐々に下げてゆくと、月光がくっきりと際立たせている山々の稜線の連なりがある。さらにその下には、霧がかかってかすんで見える山すそがある。そして地表には稲田が広がるが、そこにも霧が流れ、見渡すかぎりぼうっと烟《けぶ》ったようになっている。切れ字「や」が示す通り、主役は絵の中景をなす霧である。もしそれが月の方であれば、「名月や麓の霧に田のくもり」とでもなろうが、これでは中七から下五への流れが理に落ちた説明調で、とたんに月並に堕してしまう。霧が、一方で明月の輝きを引き立て、また他方で田の面《も》をも覆い、現実界に夢幻の風情《ふうじょう》を賦与している、その呼吸を「や」の位置が担っているのだ。なお、「くもり」とは言い条、その霧自体、単に不透明で晦冥《かいめい》なばかりでなく、月光の照り映えを受け、いたるところ輝きわたっていることを忘れてはなるまい。新庵から眺め渡した伊賀盆地の景であろう。「盆地」という地形のみが帯びうる特有の景観的

佳趣が、ここに凝縮されているかのようだ。奇を衒《てら》わぬなだらかでさりげない声調が美しい。〈名月／霧＝秋〉

今《こ》宵《よひ》誰《たれ》よし野の月も十六里　『笈日記』一六九四年（元禄七）

この伊賀上野から十六里（約六十三キロメートル）離れた吉野の地でも、今宵の中秋の名月を誰かが眺めているに違いない、いったい誰が眺めているのだろうか、と思いを馳せている。「今宵誰篠《たれすず》吹く風を身にしめて吉野の嶽《たけ》の月を見るらむ」（源《みなもとの》頼《より》政《まさ》『新古今和歌集』）を踏まえつつ、十六里という具体的・無機的な数字をいきなり出した面白さで、歌情を俳諧に転じている。係助詞「も」には、吉野の月も、伊賀上野の月も、という並列の含意がまずあろう。十六里の距離を隔てても、空を見上げれば、月は月、ここでもあそこでも同じ月だ。それを面白がったうえで、である以上、彼の地でそれを眺めている誰かも、自分と同じ風流心を共有している同士のはずだという想像が動く。ところで、助詞「も」は単に驚き、詠歎《えいたん》を表わす場合もあり、ここでは弱い切れ字として働いているとも読める。これがもし仮に「や」であれば、切れが強すぎて、風雅の同士への友情の挨拶から熱が抜け、寒々とした孤心へ押し戻されることになってしまう。絶妙の「も」なのである。なお「十六里」の距離のことさらの確認には、友情、連帯ばかりでなく、古来の名勝である吉野山からそれだけ離れた鄙《ひな》の里に生まれ、今そこに新庵を構えた者の、自負と矜持《きょうじ》もまた籠められているのではないか。ここは吉野ではないが、しかしこの伊賀上野の空にも、吉野で見るのと同じ名月が、引けをとらない輝きを放っているのだぞ、と。〈今宵の月＝秋〉

此道《このみち》や行人《ゆくひと》なしに秋の暮　　『其便』一六九四年（元禄七）

異形の孤景と言うほかはない。支考の『笈日記《おいにっき》』によれば、九月二十六日、大坂・新清水の料亭浮瀬《うかむせ》で連句の興行があり、その際芭蕉は立句としてこれと「人声や此道かへる秋のくれ」の二案を示し、「いずれをか」と言った、支考が「この道や行ひとなしにと、独歩したる所、誰かその後にしたがひ候半《さうらはん》」と勧めてそれに決まった、という。独歩する者の後には、必ずそれに続こうとする者が現われるだろう——うまいことを言うものだ。というか、これほどの孤影を連句の始まりの位置に据えて正当化するには、そんな屁理屈を捏《こ》ねる以外になかったとも言える。それほど、この発句は異例である。その異例の弁解として、「所思《しょし》」(思うところがあって)というこれまた異例の前書が添えられることにもなった。連衆の場を開くにふさわしいのは、普通に考えればむろん、孤心の外へ手を差し伸べながら「此道」を里へ、町へ帰ってこようとしている「人声や……」(これも悪い句ではあるまい)の方なのである。「所思」であると念を押されつつ読まれることで「此道や……」は、俳諧という「此」一道を究めてしかもなおその先へ行こうとしている天才が生涯の最後に得た所懐として、さらには、無常の世に有限の生を宿命づけられた人間存在の核心を衝《つ》く名言として、神話化されていった。しかし、評者にとってこれは依然として謎の一句である。考えられるのは結局、病しかない。年譜によれば、十月十二日の死に至る病の最初の徴候(悪寒・頭痛)が現われたのは、九月十日のことだ。芭蕉は何かを予感し、思い切った実験をやってみたい心境になったのかもしれない。たとえば、連俳の場から「人声」を消去するというような。恐ろしい人であったとつくづく思う。〈秋の暮=秋〉

此《この》秋《あき》は何《なん》で年よる雲に鳥

『笈日記』一六九四年（元禄七）

今年の秋はなぜこれほど年老いたと感じるのか。九月二十六日の吟であり、芭蕉の体内で死病が進行していたことを思えば、粛然とせざるをえないが、それにしてもこの「旅懐《りよくわい》」（という前書がある）自体は平凡と言えば平凡である。問題は、そのありきたりの感慨に何を添えるべきかだ。支考によれば、「此句は、その朝より心に籠《こもり》てねんじ申されしに、下の五文字寸々《すんずん》の腸《はらわた》をさかれける」（『笈日記』）というほどの苦吟を経てひねり出した「雲に鳥」であるらしい。「鳥雲に入る」は連歌以来の季語で春の扱いだが、秋の句で「雲に鳥」とあえて言った以上、約束事から離れて読めという命令が言外に響いていると取るべきだろう。淡い緑に陽光を注ぐうららかな春空、そこに漲《みなぎ》る生命力の代わりに、祭りの後を告げるような鰯雲《いわしぐも》の広がる秋空、そこに広がる閑寂を思い描いてみろ、と言っている。あてどなく翔け去ってゆく鳥をそこに置いてみろ、と。が、だとしても、とりたてて奇巧を凝らした趣向でないのは言うまでもない。心身の衰えを感じつつふと目を上げると、雲の彼方《かなた》へ消えてゆく鳥の孤影があった——誰もが共感しうる「旅懐」であろう。あまりにも普通だろうか。だが、普通でよいではないかと芭蕉は言いたげだ。才走った言葉の曲芸にはもう飽きた。普通に戻るためにこそ、「寸々の腸をさかれ」るような苦心が必要になる、それが俳諧というものではないか、と。〈秋＝秋〉

月澄《す》むや狐《きつね》こはがる児《ちご》の供《とも》　『其便』一六九四年（元禄七）

七人の俳人で七種類の恋を詠み合うという趣向の会で、「月下送《ニ》レ児《ちご》《ル》」という結題《むすびだい》を与えられての即興吟。そら恐ろしいほど透き通った月光が漲《みなぎ》る中、男色の相手である恋人の美童を家まで送ろうと、連れ立って夜道を歩いてゆくうちに、突然どこかで狐の鳴き声がする。まだ子供っぽさの抜けない可憐《かれん》な美少年はすっかり怯《おび》え、こちらの腕に手を絡めてくるが、そんなさまが愛《いと》おしくてたまらない。あまりにも澄明な月光の氾濫が現実離れした異世界を出現させ、そこではありきたりの狐さえ、禍々《まがまが》しい妖異の化身であるかのように思われてくる。条理に合わないことはわかっていながら、いったんそんな空想が浮かぶと、それは心の中でどんどん膨れ上がって手がつけられなくなってしまい、四囲の暗闇の中に恐ろしい化け物がひしめき合っているといった幻覚までつくり出す。あたかも、後年上田秋成が書くことになる鬼気迫る怪異譚の一つでも、ここから始まりそうな、物語的興趣に満ちた一句である。あんなもの、ただの狐だよ、馬鹿だなあ、おまえはまだまだ子供だなあと宥《なだ》めているうちに、恋しい少年の顔をふと見ると、黙ってこちらを見上げている可憐な目が、いつの間にか凶悪の色をたたえた狐の目に変わっていて、にんまりと笑みを浮かべた唇の間からは尖《とが》った犬歯が覗《のぞ》き、彼の吐くけものの臭い息のにおいが漂ってくる。少年の口の端から血がひと筋、たらりと垂れ落ちている……。〈月=秋〉

秋深き隣は何をする人ぞ　『笈日記』一六九四年（元禄七）

「明日の夜は、芝柏《しはく》が方《かた》にまねきおもふよしにて、ほつ句つかはし申されし」という前書とともに、底本の九月二十八日のくだりに掲載。招待に応じられる体調にないと考えた芭蕉は、この句を届けて挨拶に代えた。この一句のみを孤立させて眺めれば、秋の深まりの中、つい目と鼻の先に住んでいる隣人のことさえ自分は実は何も知らないのだと痛感されるという句意であり、この感慨は当然、孤独と寂寥《せきりょう》の自覚に直結する。だが、右のような事情を踏まえて読むなら、一転して、自分は残念ながら体調が悪くて参加できませんが、どうか皆さんで心行くまで楽しんでください、わたしの心は皆さんのすぐ近くに寄り添っていますよ、という温かな人懐かしさの情の籠もった挨拶句になる。実際に皆さん方の間に立ち混じって歌仙を巻くより、独り自宅にとどまり、今頃皆さん方は何をしているかなとあれこれ想像する方が、もしかしたらずっと楽しいかもしれませんし——とも言い、病床にある芭蕉の淋《さび》しさを気遣う人々の気持の負担を、先回りして取り除いてやっている気配もある。もちろん、挨拶句として読めばそれで孤心の表白という次元が一掃されてしまうわけではない。「此道や行人なしに秋の暮」「此秋は何で年よる雲に鳥」などが孤心の極に特化しているのに対し、この句にはそれら二句にはない両義性の妙趣があるということだ。孤なる個であることに耐えながら、溢《あふ》れ出す気持を絶えず他者に向かって投げつづけざるをえない人間存在の本質を、これ以上ないほど平易な言葉遣いで射貫いている名句と言うべきだろう。〈秋深き＝秋〉

旅に病《やん》で夢は枯野《かれの》をかけ廻《めぐ》る

『笈日記』一六九四年（元禄七）

底本では十月八日（死の四日前）のくだりにこの句を掲げる。翌九日に旧作の改案を試みているが、創作としてはこれが生涯最後の句ということになる。芭蕉に辞世を読む気はなく、病さえ癒えれば句作を続けるつもりだったろうから、これが遺作となったのはあくまでたまたまのことでしかない。しかし、必然としか見えない偶然を身に招き寄せるのが天才というものだ。旅に生き、旅を愉《たの》しみ、旅を詠みつづけた芭蕉は、今や旅に病んでいる。もう軀《からだ》はこの床《とこ》から動かないが、心はなお枯野から枯野へと駆けめぐっており、そこにはかつて旅した枯野ばかりでなく、今自分の眼前に広がってこれからそこを横切っていかなければならない枯野ももちろん含まれる。芭蕉の句としては他に例のない動詞止めが異様な迫力を湛《たた》え、過去から未来へわたる広大な時空を一挙に開いている。安東次男は「切字の働《はたらき》のない、散文のきれはしのような句」「誇高き俳諧師が最後に誇《ほこり》を捨てたのではないか、と思わせかねない異躰の句」（『芭蕉』）とまで言って、手厳しいが、この有名な句を脱神話化しようという客気《かつき》に逸《はや》ってやや勇み足の感がある。切れ字なし、動詞止めを、新たな詩境の開拓と読んで何がまずいのか。それに、職業的俳諧師である前にむろん芭蕉もまた、一人の人、ただの人である。ただの人が生き死にの修羅場にあるとき、「俳諧師の誇」など屁《へ》でもないのは当たり前のことではないか。俳諧のわざの有り無し、句姿の良し悪しなどという趣味的な問い自体を一挙に吹き飛ばすような圧倒的な力によって、この句は以後、あまたの人々の心を捉えてきたのだ。〈枯野＝冬〉

なに喰《くう》て小《こ》家《いへ》は秋の柳蔭　　『茶のさうし』年次不詳

以上九十六句、おおよそ時系列に沿って芭蕉の創作の進展を辿《たど》り、遺作の「旅に病《やん》で夢は枯野《かれの》をかけ廻《めぐ》る」にまで至り着いたが、制作年次不詳の句の中にもちろん多くの佳句がある。最後にそこから四つのみ選んで掲げておく。まず、秋が深まって葉がはらはらと散りはじめた柳の蔭にひっそりと建つ、小家の佇《たたず》まいを詠んだこの句。こんなところに住む人はいったい何を生業《なりわい》にしているのだろう、というより具体的に、日々どんなものを喰って暮らしているのだろうと想像を働かせるところが俳味である。上五「なに喰うて」という唐突な問いかけの、不作法とも図々しいとも言えるざっかけなさが面白い。秋の柳の歌情の雅趣をいきなりぶち壊し、俗の世界に引き戻してみせたのがこの「なに喰うて」だ。例によって芭蕉は「小」の文字の使いかたが巧みである。小家の中で小卓に向かい、背を縮こめるようにして貧しい食事をとっているあるじの姿が浮かんでくる。ひょっとしたら、まだ頑是ない子供の一人や二人いる家族がひっそり住んで、皆で膳を囲み、口数少なく漬け物で飯をかっ込んでいるのかもしれない。生活に追われ、家廻《まわ》りに日々どんどん積み重なってゆく落ち葉を掃く余裕もないのかもしれない。どこにもかしこにも凋落《ちょうらく》の気配が目立つ季節の侘《わび》しい風情にそそのかされ、そんな想像が次から次へと浮かんでくる。〈秋＝秋〉

白芥子《しらげし》や時雨《しぐれ》の花の咲《さき》つらん

『鵲尾冠《しゃくびかん》』年次不詳

芥子は高さ約一メートルほどになるケシ科の植物で、五月頃、白・紅・紫などの大きな花を咲かせる。花は散りやすいことから、はかないものの譬《たと》えに用いられる。句としての季語は「白芥子」で夏だが、それにもう一つ、冬の季語である「時雨」をぶつけてみせた時制の二重化が見どころで、去年の冬に降った時雨の雫《しずく》が、仮に地中で植物の種子と化し、それが芽吹いて生長したらこんな花でもつけるだろうかと見立てている。想いは月日の厚みを透過し、降っては止み、止んだかと思えばまた降り出す氷雨の定まりのなさに興を覚えていた寒々とした過去の時節へ一挙に遡行し、そのうえで、もしあれらの雨滴から植物が芽吹き花を咲かせるといったことでもあれば、憂き世の無常の哀感から救われるだろうかと自問し、また他方、いやその「時雨の花」さえたちまちはらはらと散ってしまうのだから、救われようはないのだ、もし救いがあるとすれば結局は生のはかない現在をそのまま肯定するほかはないのだと考え直してもいる。「つ（完了）」「らむ（推量）」という二つの助動詞の連結は、案外と複雑な時間と思考の回路を内包しているようだ。が、句の姿自体は単純至極で、すっと立つ芥子の茎花の優美な風姿にみずからをなぞらえているかに見える。〈白芥子＝夏〉

わが宿は四角な影を窓の月

『芭蕉庵小文庫《ばしようあんこぶんこ》』年次不詳

侘《わ》び住まいの抒情《じよじよう》、満月の円形と窓の四角との対比の興趣などはすぐわかるからいいとして、それよりも一読、助詞「を」の不安定感が人を途惑わせる。間投助詞として切れ字の役割を果たしていると読めばそれだけのことだが、下五から遡行して読み直すと目的格を表わす格助詞の風も漂わぬではない。仮に上五を「わが宿に」ないし「わが宿へ」とすれば、ずっとわかりやすくはなる。なるが、それでは、月が宿に影を投げている、射し入れているという平叙文の語順を置換しただけの月並と化してしまう。「を」の不安定感をむしろ積極的に顕彰すべきだろう。それを訝《いぶか》り、答えを求めたくなる気持自体を、下七に至って、窓越しにそのまま外へ逃し、空に懸かる満月めざして放散する仕掛けになっていると読めばよい。助詞「を」は、屋内(それは心の内でもある)と外界とをつなぐ絶妙な転轍機《てんてつき》なのであり、内から外へ、外から内への絶えざる通過、往還を可能にしているものが、あるいはいっそその通過と往還それ自体が、「わが宿」なのだと芭蕉は言っているようだ。この「窓」とはむろん現代の家の広々としたサッシ窓とは大きく異なり、最小限の採光・通風のために壁に穿《うが》たれた小さな穴のようなものにすぎなかった。人里離れた草庵は、蟄居《ちっきょ》と内閉がもたらす安息の砦《とりで》であるが、小窓を通してコスモスへ想いが伸び広がってゆく拠点でもあり、また同時に、丸い月から発する光が四角な形に変じつつ射しこんできて孤独を癒やしてくれる、開かれた隠れ場《アジール》でもある。ここに詠まれているのはそんな内部と外部の弁証法なのだ。〈月＝秋〉

物いへば唇《くちびる》寒し穐《あき》の風

『芭蕉庵小文庫』年次不詳

「座右之銘／人の短《たん》をいふ事なかれ／己《おのれ》が長《ちやう》をとく事なかれ」という前書があり、これは崔子玉《さいしぎょく》「座右銘」（文選）に由来する。うかつに口に出すと悶着《もんちゃく》の種になりかねず、心の奥にしまっておいた方がよい思いがあるという自戒である。この句が、人との付き合いにおいて拳々服膺《ふくよう》すべき教訓として今日まで生き延び、日本社会に広く浸透した箴言《しんげん》となりおおせたのは、「唇寒し」の身体感覚と「秋の風」の表象する侘《わび》しさ、淋《さび》しさという文化的含意とを巧みに接合し、調子の良い十七音のうちにぴたりと収めてみせたからであろう。ただし、「真蹟懐紙《しんせきかいし》」の中に「何某鶴亀《なにがしかくき》」の「ものいはでたゞ花をみる友もがな」を思い出して詠んだ云々という前書が添えられているものがあり（鶴亀という俳人については不詳）、この文脈に置くとこの句はまったく違った表情を見せる。元来は、心の通じ合う友との間では、美を前にして沈黙こそがふさわしい、感動を言葉にするとかえって興覚めになるという思いが籠められていた句で、それが人間関係の円滑化の心得として通俗化されて読まれ、持《も》て囃《はや》されるようになり、しかしそれもそれなりに面白いと、芭蕉は考えを変えたのかもしれない。「人の短をいふ事なかれ」云々《うんぬん》は底本の編者・史邦《ふみくに》への、人柄を見定めたうえでの戒めでもあったのか。〈秋の風＝秋〉

連句

「発句は門人の中予にをとらぬ句する人多し。俳諧《はいかい》（連句）にをいては老翁が骨髄」。芭蕉はつねづねそう語っていたと、門人の一人許六《きょりく》が伝えている（『宇陀法師《うだのほうし》』）。芭蕉は何よりも連句の人であった。彼の発句の傑作の中にも、連俳の気分が漲《みなぎ》っているものが多い。『おくのほそ道』にしても、紀行というよりむしろ、詳しい詞書《ことばがき》を補った独吟連句の実践といった趣きがないでもない。

近代以降の「俳句」は、それ一句のみで屹立《きつりつ》する、「孤なる個」の自己表現の器として完成の途を辿《たど》った。芭蕉自身の見事な発句群の実例が、「俳句」の独立、その孤立化に大きく寄与したのは言うまでもない。しかし、芭蕉自身にとっては実は、仲間と集った集団制作の場で一つの興から別の興へと句を手渡しつつ、後戻りなしに絶えず移ろってゆく詩趣の運動を組織し言語に実体化する場としての連句にこそ、俳諧の真髄があった。そこでは句の「付け合い」は、生身の身体をもって「座」を囲み

「宴」を愉《たの》しむ数刻の時間の共有によってのみ可能となる、人と人との「付き合い」そのものでもあった。志を同じくする「連衆《れんじゅ》」たちの存在が、彼にとって喫緊の重要性を持っていたゆえんである。

連句の中でも、全三十六句（初折《しょおり》表六句・裏十二句、名残折《なごりのおり》表十二句・裏六句）のうちに、月・花の定座《じょうざ》を置き、春・秋の句は必ず三句以上続けて五句まで、夏・冬の句は一句で切れてもよいが続ける場合は三句まで、等々、厳密な規則に基づいて興行される「歌仙」形式を、興趣溢《あふ》れる定型として完成させたのは、芭蕉率いる蕉風俳諧であった。これは厳密な作法に縛られながら進行する遊戯である。規則遵守がなければ遊戯は遊戯として成立しえず、それに参加するプレイヤーが全き自由の実感を享楽しうるのが、ただこの拘束のシステムの内部に身を置くことによってのみであるという事実には、何の逆説もない。

芭蕉が亭主となって主宰した、あるいは彼が客として座に連なった、あまたの連句作品のうち、本書には、『冬の日』から「『狂句こがらしの』の巻」、『猿蓑《さるみの》』から「『鳶《とび》の羽《は》も』の巻」、以上ほんの二歌仙のみ選び、全句を掲げつつ一句ごとにごく簡潔な評釈を添える。

「狂句こがらしの」の巻（冬の日）

笠《かさ》は長途《ちやうと》の雨にほころび、帋衣《かみこ》はとまりとまりのあらしにもめたり。侘《わび》つくしたるわび人、我さへあはれにおぼえける。むかし狂哥《きやうか》の才士、此《この》国にたどりし事を、不図《ふと》おもひ出《いで》て申侍《まうしはべ》る。

初折表

冬　狂句こがらしの身は竹斎《ちくさい》に似たる哉《かな》　芭蕉

冬　たそやとばしるかさの山茶花《さざんくわ》　野《や》水《すい》

雑（月）　有明の主水《もんど》に酒屋つくらせて　荷《か》兮《けい》

秋　かしらの露をふるふあかむま　重《じゆう》五《ご》

秋　朝鮮のほそりすゝきのにほひなき　杜《と》国《こく》

秋　日のちり〳〵に野に米を苅《かる》　正《しよう》平《へい》

初折裏

雑　わがいほは鷺《さぎ》にやどかすあたりにて　野水

雑　髪はやすまをしのぶ身のほど　芭蕉

雑　いつはりのつらしと乳をしぼりすて　重五

雑　きえぬそとばにすご〳〵となく　荷兮

冬　影《カゲ》法《ボウ》のあかつきさむく火を焼《たき》て　芭蕉

雑　あるじはひんにたえし虚《カラ》家《イエ》　杜国

秋　田中なるこまんが柳落《おつ》るころ　荷兮

秋　霧にふね引《ひく》人《ひと》はちんばか　野水

秋（月）　たそがれを横にながむる月ほそし　杜国

雑　となりさかしき町に下《お》り居《ゐ》る　重五

春（花）　二の尼に近衛《このゑ》の花のさかりきく　野水

春　蝶《てふ》はむぐらにとばかり鼻かむ　芭蕉

名残折表

春　のり物に簾透《すだれすく》顔おぼろなる　重五

雑　いまぞ恨《うらみ》の矢をはなつ声　荷兮

雑　ぬす人《びと》の記念《かたみ》の松の吹《ふき》おれて　芭蕉

雑　しばし宗祇《そうぎ》の名を付《つけ》し水　杜国

冬　笠ぬぎて無理にもぬるゝ北時雨《きたしぐれ》　荷兮

冬　冬がれわけてひとり唐苣《たうちさ》　野水
雑　しら〳〵と砕けしは人の骨か何《なに》　杜国
雑　烏賊《いか》はゑびすの国のうらかた　重五
夏　あはれさの謎にもとけじ郭公《ほととぎす》　野水
秋　秋水《しうすい》一斗《いっと》もりつくす夜《よ》ぞ　芭蕉
秋（月）　日東《じっとう》の李《り》白《はく》が坊《ばう》に月を見て　重五
秋　巾《きん》に木槿《むくげ》をはさむ琵《び》琶《は》打《うち》　荷兮
名残折裏
雑　うしの跡とぶらふ草の夕ぐれに　芭蕉
雑　箕《み》に鮗《このしろ》の魚《うを》をいたゞき　杜国
雑　わがいのりあけがたの星孕《はら》むべく　荷兮

雑　けふはいもとのまゆかきにゆき　野水

春（花）　綾《あや》ひとへ居湯《ヲリユ》に志賀の花漉《こし》て　杜国

春　廊下は藤のかげつたふ也《なり》　重五

『野ざらし紀行』の旅の途次、貞享《じようきよう》元（一六八四）年十月から十一月にかけて、名古屋滞在中の芭蕉が、野水《やすい》、荷兮《かけい》、重五《じゆうご》、杜国《とこく》など尾張の俳人たちとともに巻いたのが、後年「芭蕉七部集」と謳《うた》われることになる七篇の名俳諧集の劈頭《へきとう》をなす『冬の日』五歌仙である（山本荷兮編『冬の日』はこの歌仙五巻に表句六句を加えて同年刊）。その五歌仙のさらに最初に位置するのがこの「『狂句こがらしの』の巻」である。当時、芭蕉は四十一歳。

漢詩文の教養をひけらかす『次韻《じいん》』『虚栗《みなしぐり》』などの頃のペダンティックで生硬な作風から徐々に離れていった芭蕉は、この当時、やがて後年の『猿蓑』『炭俵《すみだわら》』などで鮮やかに実現されることになる、「軽《かろ》み」の観念を中心に据えた蕉風美学の確立を模索しつつあった。『冬の日』は、依然として漢詩や和歌の記憶の富に依拠し、そこから詩想をふんだんに汲み上げながらも、民衆の実生活の細部に興趣を探り、随所に演劇的な虚構の道具立てを創案して華を添え、緩急自在の付けによって、一瞬も途切れることのない変化に富んだ俳諧の流れをつくり出している。其角《きかく》が「皆誹諧の眼《め》を付けかへしは、冬の日といふ五歌仙にてひらき侍《はべ》り」と回顧しているゆえんである。転換期ないし過渡期の作であることは間違いないが、そのゆえにかえって、手探りしながらのややぎくしゃくとした波瀾《はらん》含みの進行に、『猿蓑』や『炭俵』にない独自のスリルが漲っているとも言える。その独自な魅力は、巻頭に置かれたこの「『狂句こがらしの』の巻」にすでに存分に発揮されている。

以下に、この巻の制作に加わった連衆の面々を簡単に紹介する。野水は岡田佐次右衛門、呉服商を営み、町総代も務めた。寛保三（一七四三）年没、享年八十六。『冬の日』当時二十七歳。

荷兮は山本武右衛門。医を業とした。『冬の日』『春の日』『曠野《あら》』等、蕉門の撰集を編んだが、後に芭蕉から離反。享保元（一七一六）年没、享年六十九。『冬の日』当時三十七歳。

重五は加藤善右衛門、後に弥兵衛。材木商を営む。享保二（一七一七）年没、享年六十四。『冬の日』当時三十一歳。

杜国は坪井庄兵衛。米穀商を営む。貞享二（一六八五）年、空米売買《くうまいばい》に連座の罪を問われて領内追放となり、三河の保美《ほび》村に謫居《たつきよ》。元禄三（一六九〇）年没、享年不詳（三十四、五か）。『冬の日』当時二十八、九歳か。

本巻に一句のみ収められている正平《しようへい》については伝不詳。

1　狂句こがらしの身は竹斎《ちくさい》に似たる哉《かな》　芭蕉（冬）

笠も紙子《かみこ》（和紙で作った防寒用の衣）も長旅を続けるうちにすっかり傷んでしまい、我ながら情けないいざまではある、という趣旨の詞書に続き、狂歌師竹斎もかつてこの地に訪れたことが思い出され、わが身をあの風狂の才子になぞらえてみたい気持に誘われる、という発句が掲げられる（一一一頁）。これから一緒に歌仙を巻く名古屋の連衆への挨拶。

2　たそやとばしるかさの山茶花《さざんくわ》　野水（冬）

客からの発句を受けあるじの返した挨拶がこの脇句（二句目）。山茶花《さざんか》が散りかかる笠を被っておいでになった風流なお方はいったいどなたでしょう、と問うている。

3 有明の主水《もんど》に酒屋つくらせて　荷兮（雑・秋）

「主水」は宮中の水を司《つかさど》った役職名。「有明の」は粋人が身に帯びた仇名《あだな》であり、また有明の月の懸かる明け方の冷気も示唆する。月の句の定座は初折表の五句目だが、二句引き上げてここに置いた。官位に在った男が辞して後、何と酒屋を始めたそうな、という噂話《うわさばなし》。前句の風流を俗へといなし、詩想の運動を庶民の暮らす世間へ向けて開いている。この転調が第三（三句目）の重要な機能。

4 かしらの露をふるふあかむま　重五（秋）

呑《の》み屋に到着した馬が首を振るって朝露を撥《は》ね飛ばしている。ありふれた赤馬の選択は、呑み屋の格をその程度と見定めたもの。

5 朝鮮のほそりすゝきのにほひなき　杜国（秋）

酒屋からはもう離れないと句の運動が停滞する（前々句すなわち「打越《うちこし》」への言及は「輪廻《りんね》」と呼び連句では嫌われる）。そこで、野馬が駆け、色艶のないすすきばかりが茂る侘しい広野の情景へと視野を広げる。朝鮮すすきという植物はないが、異国名のインパクトで句想の飛躍に発条《ばね》を仕込んだのだろう。

6 日のちり〳〵に野に米を苅《かる》　正平（秋）

「ちりちり」は日が入りかかって光が散乱するさま。無人だった前句の広野に稲刈りをする農民を登場させた。

7 わがいほは鷺《さぎ》にやどかすあたりにて　野水（雑）

実直に働く農民との対比として、自分は草庵《そうあん》に隠棲《いんせい》する世捨て人だと名告《なの》りをあげた。わが住まいの人里離れた寂しいさまは、鷺が宿を借りに来るほどだ。

8 髪はやすまをしのぶ身のほど　芭蕉（雑）

宿を貸して匿《かくま》ってやったその鷺を、髪を剃《そ》り人目を避けて隠れている身の上の女と見立てている（尼鷺という鷺の一種もある）。しかしこの女、何かの事情で剃髪《ていはつ》し、都落ちして荒れ野の一軒家に仮り住まいを求めてきたものの、髪が生え揃《そろ》うやまた俗界に還《かえ》っていこうと、その後心変わりをしたらしい。「しのぶ」とある以上、その事情にはおのずと恋のもつれが暗示される。

9 いつはりのつらしと乳をしぼりすて　重五（雑）

赤子までなした仲なのにあの男がわたしを裏切るとは何と恨めしい、飲ませる子がいないまま乳が張ってならぬのが悲しくてならない、と物語の趣向を作った。

10 きえぬそとばにすご〳〵となく　荷兮（雑）

失われた赤子の運命へ向けて想像力を伸ばす。まだ文字の掠《かす》れていない、すなわち立てたばかりの真新しい卒塔婆《そとば》を前に、女はさめざめと泣いている。

11　影《カゲ》法《ボウ》のあかつきさむく火を焼《たき》て　　芭蕉（冬）

「影法」は影法師の略。遠くを見遣《みや》ると、早朝の寒気の中、焚《た》き火《び》にあたっている人影が揺れているようだが、煙に紛れてその姿がはっきりとは見きわめられない。あれはひょっとしてこの墓場に現われた亡霊なのではあるまいか。芭蕉には「冬の日や馬上に氷る影法師」の句があり、そこでは「影法師」は自画像である（一三一頁）。

12　あるじはひんにたえし虚《カラ》家《イエ》　　杜国（雑）

墓場から空き家の庭へと場を転じた。貧窮の挙げ句、住む人が絶えてしまっているのをいいことに、庭に勝手に入って焚き火をしている者がいる。家のあるじの不在は、前句の影法師の存在感の稀薄さの「移り（映り）」である。

13　田中なるこまんが柳落《おつ》るころ　　荷兮（秋）

田の中にある「こまん柳」の葉がはらはらと散る蕭条《しょうじょう》たる光景が、零落《れいらく》の家にふさわしい。「小万」は当時の宿屋の客引き女の通り名。柳にまつわる伝承として、そんな名の落ちぶれた遊女が昔いて——などといった悲譚《ひたん》を仮構してみた。「ちらす」と言わず「落る」と言ったのは零落の哀れの強調。なお「田中」は姓氏のように平韻ではなく、「た」にアクセントを置いて発音するべきだろう。

14 霧にふね引《ひく》人《ひと》はちんばか　　野水（秋）

前句の柳を水辺の景と見定めて、曳舟《ひきふね》をしながら岸辺を歩む人が難儀しているさまを、もしや足が不自由なのではあるまいか、と軽く興じている。この初折裏の八句目は月の定座だが、野水は次句に譲った。前の定座（初折表の五句目）に当たりながら月を詠めなかった杜国の顔を立てたのか。

15 たそがれを横にながむる月ほそし　　杜国（秋）

陰暦三、四日頃の繊月は、宵の早い時刻に地平低く懸かる。だから「上に」でなく「横に」眺めるのだが、足の悪い舟曳き男の身を屈《かが》めた姿勢も暗示していよう。

16　となりさかしき町に下《お》り居《ゐ》る　　重五（雑）

「さかし」は賢いが本義だが、転じて小賢しい、口さがないなどの意味になる。「下《お》居《り》」は、宮仕えをする者が何かの事情で奉公を辞し、自宅に下っていること。﨟長《ろうた》けた上品な人が、隣り近所の陰口が何かとうるさい陋巷《ろうこう》の片隅に身を落とし、思案に暮れつつ月を眺めている。心の鬱屈から、おのずと視線も「横に」低くなる。

17　二の尼に近衛《このゑ》の花のさかりきく　　野水（春）

初折裏の十一句目は花の句の定座。近衛府は禁廷の北面の武士の詰所だが、「近衛の花」はここでは単に宮廷の桜の意。かつて自分が仕えていた御所の栄華のさまを、訪ねてきた二の尼から聞いて懐かしんでいる。「下居」して逼塞《ひっそく》している当人は、それより位の高い一の尼だったのかもしれない。「花のさかり」のはかなさには、禁中の繁栄もはたしていつまで続くものかという無常観も当然含意されている。

18 蝶《てふ》はむぐらにとばかり鼻かむ　　芭蕉（春）

その含意を前景化して付けたのがこの句。「鼻かむ」は洟《はな》を擤《か》む。「花のさかり」どころか、御所は今や荒れ果て、蝶《ちょう》も葎《むぐら》すなわち雑草の茂みにとまるほかないようなありさまで、と二の尼は言いさして涙に暮れ、その後は言葉にならない。

19 のり物に簾透《すだれすく》顔おぼろなる　　重五（春）

駕籠《かご》に乗る貴人の顔が、簾越しなのでぼんやりとしか見分けられない。春・秋の句は三句以上続けるという規則があるので、ここでは顔がおぼろげに見えるというだけのことながら、空気が朦朧《もうろう》と霞《かす》んでいるさまを言う春の季語「朧《おぼろ》」の扱いとする。むさ苦しい葎にとまる蝶を、簾の陰に身を潜めて身の不運を嘆くやんごとなき女性へと詠み替えた。

20 いまぞ恨《うらみ》の矢をはなつ声　荷兮（雑）

駕籠を外から見ている者に視点を移し、おぼろげに見えている顔を、美しい上臈《じようろう》から悪相の男に見替え、かたき討ちの一場面を演出した。嫋々《じようじよう》とした懐古の感慨のたゆたいは、緊迫した暗殺劇へと一挙に転じる。

21 ぬす人《びと》の記念《かたみ》の松の吹《ふき》お（を）れて　芭蕉（雑）

暗殺劇の兇悍《きようかん》にはそれにふさわしい道具立てが必要だろう。弓を構えた男が身を隠していた木は、たまたま大盗賊の悪行のゆかりの松で、今は強風で吹き折れてしまっている。前句の、えいという掛け声の勢いを、「吹お（を）れて」で真芯に受けた。

22 しばし宗祇《そうぎ》の名を付《つけ》し水　杜国（雑）

美濃国郡《みののくに》上郡山田庄宮瀬川のほとりに「宗祇忘れ水」の伝承が残る。盗っ人ゆかりの松の兇相《きようそう》に、連歌師宗祇ゆかりの泉の風雅をぶつけた受け。いわゆる対付《たいづけ》、対《むか》い付けである。前者はすでに吹き折れており、後者もまた詩僧の清水と持《も》て囃《はや》されたのは「しばし」すなわちほんのいっときのことで、今はすっかり涸《か》れ果《は》て、昔日の俤《おもかげ》をとどめない。

23 笠ぬぎて無理にもぬるゝ北時雨《きたしぐれ》　荷兮（冬）

前句から歌枕を巡礼する風流人の姿を透視し、その風狂の挙措に想像が及んだ。宗祇の名句「世にふるもさらにしぐれのやどり哉」（「経《ふ》る」と「降る」が掛詞《かけことば》になっている）を下敷きにしている。この句から派生した芭蕉自身の句「世にふるもさらに宗祇のやどり哉」（『虚栗』）も、それに添えられた前書「手づから雨のわび笠をはりて」ともども、当然荷兮の念頭にあっただろう。「笠は長途の雨にほころび」た状態で連俳の場へ姿を現わした芭蕉への、いたわりともてなしの情も籠めていようか。

24 冬がれわけてひとり唐苣《たうちさ》　野水（冬）

わざわざ笠をぬいで雨にうたれる酔狂も楽しかろうが、酔狂は決して腹の足しにはなりませんよと軽くかわした。唐萵苣《とうぢさ》はフダンソウの別名で、高さ一メートルほどになるアカザ科の一年草または越年草。若葉は食用になる（萵苣《チシャ》すなわちレタスやサラダ菜の一種である）。「ひとり」を、枯れ野に唐萵苣だけが青々としていると取るか、ただ一人枯れ野に分け入って唐萵苣を探していると取るか。どちらもそれなりの興があり、意図してどちらとも取れるように作ってあるとも読める。

25　しら〳〵と砕けしは人の骨か何《なに》　　杜国（雑）

唐萵苣の葉の艶やかな生の躍動に対して、白骨のかけらの死の寂寞《じゃくまく》を置いた。断定を避けて「……か何」と疑いを残したのは嗜《たしな》みであり、次句での展開を期待する手渡しでもある。今回の芭蕉の旅の出立吟「野ざらしを心に風のしむ身哉《みかな》」（一〇一頁）は当然、座の一同に知悉《ちしつ》されていただろう（『野ざらし紀行』本文の成立自体はむろん翌貞享二年四月に江戸に帰った後のことになるが）。

26　烏賊《いか》はゑびすの国のうらかた　　重五（雑）

いや、野に白々と散らばって見えるあれは人骨ではなく、烏賊の甲だ、夷狄《いてき》の国ではあれを占いに用いるそうだよと、態《わざ》とめいた説を出しておどけてみせた。中国に、亀甲を焼いて生じる罅《ひび》の形で吉兆を占う亀卜《きぼく》があるだろ、同じように、烏賊の甲も占《うら》形《かた》に使うのさ、などと胡乱《うろん》な話を得意そうに喋《しゃべ》り立てる男の滑稽を演じている。

27　あはれさの謎にもとけじ郭公《ほととぎす》　野水（夏）

胡乱な知ったかぶりをわざと真っ向から受け、辺土に流罪になった男に、わが身の悲運の謎は烏賊占いによっても解けなかった、と歎《たん》じさせている。ほととぎすは古来、冥府の鳥とされ、魂迎鳥《たまむかえどり》、死《し》出田《でのた》長《おさ》とも呼ばれた。古代中国の蜀《しょく》の望帝《ぼうてい》が死後ほととぎすに化身した伝説も参照されていよう。原本の表記「とけし」は「解けし」とも「解けじ」とも読めるが、謎はついに解けなかったと取る方が興が深い。

28　秋《しゅう》水《すい》一《いっ》斗《と》もりつくす夜《よ》ぞ　芭蕉（秋）

「謎」談義に打ち興じているうちに、いつしか漏刻（水時計）から水一斗が漏れ尽くすほどの時間が経っていた、と、「骨か何」の問いから始まるここ数句の付け合いに讃《さん》を呈している。水が「秋水」である必要はとくにないが、名残折表の十一句目（すなわち次句）が月の定座なので、そのしつらえとしてあらかじめ季を夏から秋に移し、誘いかけたのであろう。

29　日東《じっとう》の李《り》白《はく》が坊《ばう》に月を見て　　重五（秋）

「一斗」から杜甫《とほ》「飲中八仙歌」中の名高い詩句「李白一斗詩百篇」を連想し、「日本の李白」の異名を持つ詩人の家で催された観月の宴を想像した。漢詩人石川丈山《じょうざん》（一五八三―一六七二）は「日東之李杜（李白・杜甫）」と称えられたことがあり、してみるとこの「坊」には丈山の築いた詩仙堂のイメージが投影されているか。

30　巾《きん》に木槿《むくげ》をはさむ琵《び》琶《は》打《うち》　　荷兮（秋）

その宴に、頭巾に槿《むくげ》の枝をかざして奏する琵琶弾きの曲が興を添える。「飲中八仙歌」に謳われたもう一人の酒仙、王李璡《りしん》の、絹帽に紅槿花《こうきんか》を乗せて最後まで落とさず演奏し、玄宗皇帝を感嘆させたという故事の想起。

31 うしの跡とぶらふ草の夕ぐれに　　芭蕉（雑）

夕闇の中、好物だった草を手向《たむ》けて死んだ牛の霊を弔う。朝《あした》に咲いて夕《ゆうべ》には萎《しぼ》んでしまうことから、白居易《はくきょい》の詩より「槿花《きんか》一日《いちじつ》の栄《えい》」という言葉がある。槿を愛好する琵琶弾きを、無常の感の深い人物と見ての付け。

32 箕《み》に鮗《このしろ》の魚《うを》をいたゞき　　杜国《い》（雑）

牛捨て場のある僻地《へきち》の習俗に思いを致し、琵琶法師の雅を、農具の箕に雑魚《ざこ》である鮗を入れ、頭にのせて運ぶ半農半漁の村の女の俗に転じた。

33 わがいのりあけがたの星孕《はら》むべく　　荷兮（雑）

鮗は「子の代」に通じる。魚の入った箕に代えて、今や明けの明星を頭上に頂いた女は、どうか子を授かりますようにと祈願している。忌まれることもある下魚の鮗であるが（『おくのほそ道』「四、室の八嶋」参照、二〇頁）、ここでは貧しい庶民が精いっぱいのいじらしい祈願を籠めて神仏へ捧げる供物なのかもしれない。

34　けふはいもとのまゆかきにゆき　　野水（雑）

貧しい僻村《へきそん》の女を、何とか君の御胤《おんたね》を宿したいと願う侍妾《じしょう》に読み替え、その姉が妹のために眉を描きにゆくという、王朝文学の一挿話のような趣向を案出した。平仮名ばかりの字面の優しさにも平安朝ふうの雅趣が漂う。

35　綾《あや》ひとへ居《ヲリ》湯《ユ》に志賀の花漉《こし》て　　杜国（春）

名残折裏の五句目、花の定座。宮仕えする妹の方の女性がおくっている、優雅な生活の一情景をスナップショットで捉えた。「居湯」は釜で沸かした湯を別の浴槽に移して使う風呂のこと。湯を移す際に、散り浮かぶ花びらを一重《ひとえ》の綾布《あやぬの》で濾《こ》し、そのうえで入浴したというのが句意である。「志賀（滋賀）」は花の名所とされる歌枕。貧窮、流浪、零落、死、無常など様々な暗い話柄も経《へ》巡《めぐ》ってきた本歌仙だが、ようやく終局を迎えつつある今、めでたい気分で完結させるべく、華やいだ場面をしつらえて、留めの句（挙句）に繫《つな》いだ。

36 廊下は藤のかげつたふ也《なり》　　重五（春）

ここまでの熱を冷まし波瀾を鎮め、穏やかで淡々とした場所へ着地させるのが良い挙句である。湯舟に散った花は濾されて捨てられ湯には香りだけが残った、そのように、廊下に沿って伝うのも藤の花房自体ではなくその影だけである。静的な「映る」ではなく、動感のある「伝う」という動詞を選んだことで、情景に生気が吹きこまれ、余情を残す挙げようになった。

「鳶《とび》の羽《は》も」の巻（猿蓑《さるみの》）

初折表

冬　鳶の羽も刷《カイツクロヒ》ぬはつしぐれ　去《きょ》来《らい》

冬　一《ひと》ふき風の木の葉しづまる　芭蕉

雑　股《もも》引《ひき》の朝からぬるゝ川こえて　凡《ぼん》兆《ちょう》

雑　たぬきを（お）どす篠《しの》張《はり》の弓　史《ふみ》邦《くに》

秋（月）　まいら戸《ど》に蔦《つた》這《はひ》かゝる宵の月　芭蕉

秋　人にもくれず名物の梨　去来

初折裏

秋　かきなぐる墨《すみ》絵《ゑ》お（を）かしく秋暮《くれ》て　史邦

雑　はきごゝろよきめりやすの足《た》袋《び》　凡兆

雑　何事《なにごと》も無言の内はしづかなり　去来

雑　里見え初《そめ》て午《うま》の貝《かひ》ふく　芭蕉

雑　ほつれたる去年《こぞ》のねござのしたゝるく　凡兆

夏　芙《ふ》蓉《よう》のはなのはらくとちる　史邦

雑　吸《すひ》物《もの》は先《まづ》出《で》来《か》されしすいぜんじ　芭蕉

雑　三里あまりの道かゝえ（へ）ける　去来

春　この春も盧《ろ》同《どう》が男居《をとこゐ》なりにて　史邦

春（月）　さし木つきたる月の朧夜《おぼろよ》　凡兆

春（花）　苔《こけ》ながら花に並ぶる手水鉢《てうづばち》　芭蕉

雑　ひとり直《なほり》し今朝《けさ》の腹だち　去来

名残折表

雑　いちどきに二日の物も喰《くう》て置《おき》　凡兆

冬　雪げにさむき島の北風　史邦

雑　火ともしに暮《くる》れば登る峯《みね》の寺　去来

夏　ほとゝぎす皆《みな》鳴《なき》仕《し》舞《まひ》たり　芭蕉

雑　痩《そう》骨《こつ》のまだ起《おき》直《なほ》る力なき　史邦

雑　隣《となり》をかりて車引《ひき》こむ　凡兆

雑　うき人を枳《き》殻《こく》垣《がき》よりくゞらせん　芭蕉

雑　いまや別《わかれ》の刀《かたな》さし出す　去来

雑　せはしげに櫛《くし》でかしらをかきちらし　凡兆

雑　おもひ切《きつ》たる死《しに》ぐるひ見よ　史邦

秋（月） 青天《せいてん》に有明月《ありあけづき》の朝ぼらけ　去来
秋 湖水の秋の比良《ひら》のはつ霜《しも》　芭蕉
名残折裏
秋 柴《しば》の戸や蕎麦《そば》ぬすまれて歌をよむ　史邦
冬 ぬのこ着習《きなら》ふ風の夕ぐれ　凡兆
雑 押合《おしあう》て寝ては又《また》立つかりまくら　芭蕉
雑 たゝらの雲のまだ赤き空　去来
春（花） 一構《ひとかまへ》鞦《しりがい》つくる窓のはな　凡兆
春 枇杷《びは》の古葉《ふるは》に木芽《このめ》もえたつ　史邦

向井去来《きょらい》・野沢凡兆《ぼんちょう》編、元禄四（一六九一）年刊の『猿蓑《さるみの》』は、蕉風俳諧の確立を示す金字塔とも言うべき俳諧集である。蕉門俳人たちの発句三百八十二句、「歌仙四巻、芭蕉の俳文『幻住庵記《げんじゆうあんのき》』その他から成り、書名は巻頭に置かれた芭蕉の発句「初しぐれ猿も小蓑《こみの》をほしげ也《なり》」（一六〇頁）にちなむ。「『鳶の羽も』の巻」は、『猿蓑』所収の四歌仙のうち、最初に置かれた巻である。興行は元禄三（一六九〇）年十月から十一月上旬頃、芭蕉在京中のことと推定されている。当時芭蕉は四十七歳。

動から静へ移る寒景の風致を発句・脇一体で捉えるところから始まる本巻は、景色と人情、俗と雅、現実と空想、悲傷と滑稽の間を自在に往還し、振幅の大きな転換を重ねつつ進行してゆく。気心の知れた門人三人と芭蕉との、また彼ら同士の間での、打てば響くような付け合いによって、三十六句にわたるめくるめくような風狂の運動が実現されており、蕉風円熟期の傑作の一つと言える。

芭蕉以外の三人の連衆《れんじゆ》のうち、去来は向井嘉平次。京の蕉門俳人で、門人中、芭蕉は彼をもっとも信頼して「西三十三ヶ国の俳諧奉行」と呼んだ。宝永元（一七〇四）年没、享年五十四。本歌仙成立当時、四十歳。

凡兆は野沢允昌《いんしよう》。京で医を業とした。後に芭蕉から離反。元禄六（一六九三）年、事に座して入獄、同十一年に出獄したが、以後は大坂に落魄《らくはく》の生活をおくった。正徳四（一七一四）年没、享年不詳（六十余か）。

史邦《ふみくに》は中村史邦。医名は春庵《しゆんあん》。生没年不詳。京の蕉門俳人。尾張《おわり》で医を業としていたが、京に出仕し、京都所司代の与力を務め、後に江戸に移った。

1　鳶《とび》の羽《は》も刷《カイツクロヒ》ぬはつしぐれ　　去来（冬）

ふだんはばさばさと毛羽立っている姿の鳶も、いっとき降った初時雨《はつしぐれ》が止んでみると、すっかり濡《ぬ》れそぼち、まるで羽づくろいでもしたように見える。「かいつくろふ（かき繕ふ）」は他動詞であり、主語は「はつしぐれ」とも、「鳶」自身（「鳶も羽を」と読み替える）とも取れ、他方、「荒海や佐渡によこたふ天河《あまのがは》」（一五二頁）の「よこたふ」と同様に他動詞の自動詞的用法と見れば、「かいつくろはれた」という意味になる。面白いのはやはり、擬人化された「はつしぐれ」を主語と取る解だろう。雨上がりの清涼な大気の中、大きな自然に包み込まれ、それに翻弄され、それにおのれの生を委ねて生きる野の猛禽《もうきん》の清潔な佇《たたず》まいにふさわしいからだ。遠い大木の枝にとまったびしょ濡れの鳶の痩せた孤影はしかし、悄然《しょうぜん》どころかかえって勇壮に、自然に挑んでいると見える。『猿蓑』歌仙部の冒頭に「はつしぐれ」の句を置いたのは、『猿蓑』全体の劈頭《へきとう》をなす芭蕉の発句に響かせようという構成上の趣向だろう。

2　一《ひと》ふき風の木の葉しづまる　芭蕉（冬）

「木の葉」は枝に残った葉、舞い落ちる葉、地面に散った葉をすべて含めて言う（すべて枯れ葉であり、冬の季語）。ここはそのどれでもよい。「一ふき風」すなわち突風を受け、初冬の枯れ葉がしばし騒いだが、やがて鎮まった。時雨に突風、鳶に枯れ葉、「刷ぬ」に「しづまる」を対応させ、発句に景を添えた。

3　股《もも》引《ひき》の朝からぬるゝ川こえて　凡兆（雑）

第三で人事に転じる。「一ふき風」は前夜の大雨、大風の名残りであったか。増水した川（橋も落ちたか）を徒渉《かちわたり》して畑に向かう農民の姿。雑（無季）の句だが、川水はもちろん痺《しび》れるほどの冷たさであろう。

4　たぬきを（お）どす篠《しの》張《はり》の弓　史邦（雑）

「篠張の弓」は篠竹《しのたけ》（篠笹《しのざさ》、小竹）で作った弾き弓で、害獣を脅して退散させるための罠《わな》。古来の諸解は様々だが、農村生活の一景物とただ見ておけばよいのではないか。

5 まいら戸《ど》に蔦《つた》這《はひ》かゝる宵の月　芭蕉（秋）

月の定座。農村の土臭い現実からは超脱した、格式のある山寺か旧家の佇まいに景を転じた。「舞良戸《まいらど》」は書院造りの建具で、舞良子《まいらこ》と呼ぶ桟を横に細い間隔で入れた引き違い戸。蔦で覆われているのは、荒れて無人になっているのか、あるじが頓着しないからなのか。罠で脅され村里から追い払われた狸《たぬき》たちはこのあたりに棲《す》みつくことになったようだ。

6 人にもくれず名物の梨　去来（秋）

その建物に、孤高狷介《けんかい》なへそ曲りの男を住まわせてみた。『徒然草』第十一段に来栖野《くるすの》の隠者の話がある。風雅な隠棲を愉《たの》しむこだわらない男なのかと思いきや、枝もたわわに実がなった柑子《こうじ》の木の周りを厳重に囲っている、そんな吝嗇漢《りんしょくかん》なのがわかって興醒《きょうざ》めしたという、そのくだりの俤《おもかげ》が、この句に映っていることは間違いなかろう。

7　かきなぐる墨絵《すみゑ》おかしく秋暮《くれ》て　史邦（秋）

前句の男を、しかし案外、風流人でないこともないと執りなして救っている。もっとも、趣味の絵に入れ揚げて面白おかしく暮らしている男の自己満足は別として、描《か》きなぐりのその絵の出来栄え自体は決して上手とは言いがたいようだ。芭蕉の句「月《つき》雪《ゆき》とのさばりけらしとしの昏《くれ》」（一二四頁）も史邦の頭にあったか。

8　はきご、ろよきめりやすの足袋《たび》　凡兆（雑）

三句続けて同一人物の話が続くと輪廻《りんね》になる。メリヤス編みの足袋の履き心地の良さに悦に入っているのは、世間さまと折り合いをつけつつ町中に住む富裕な町人であろう。前句と打越《うちこし》（前々句）の風狂の男の「かきなぐり」の乱暴、世に打ち解けない片意地に、対《むか》い付けとして、軀《からだ》に優しくしっくりと合って抵抗感のないメリヤス編みの足袋の快を出してきた。しかし、転じかたの力がやや弱いのは否めない。

9　何《なに》事《ごと》も無言の内はしづかなり　去来（雑）

その男の人生所感か。尖《とが》った思い、荒れた思い、いろいろあるけれど、いったん口に出してしまうと自分のうちにも他者との間にも波風が立つ、じっと腹の中に蔵《おさ》めておくのがいちばんだ。やや唐突な独りごとの観照を投げこんで、「人にもくれず」以降少々滞っていた感のある句想の流れに活を入れ、転調を促した。

10　里見え初《そめ》て午《うま》の貝《かひ》ふく　芭蕉（雑）

去来の促しを受けた芭蕉は、無言の行《ぎょう》のために山に籠もっていた山伏（修験者）たちの、行明けの下山のさまを想像した。もう「しづか」にしている必要もなくなったとばかりに、解放感からの浮かれ気分もあるのか、里が見えはじめるあたりまで来て、正午を告げる法螺《ほら》貝《がい》を滅多やたら、長々と吹き鳴らす。

11　ほつれたる去《こ》年《ぞ》のねござのしたゝるく　凡兆（雑）

使い古しの寝茣蓙《ねござ》はほつれかけ、垢染《あかじ》みてべたべたしている。山伏たちが向かう貧しい農村の情景。

12　芙蓉《ふよう》のはなのはら〳〵とちる　史邦（夏）

いわゆる木芙蓉《もくふよう》（アオイ科の落葉低木）は秋の季語であり、この歌仙で秋から変えて雑（無季）の句を続け、その後また秋に戻ることはありえない。従ってここでは蓮《はす》の古名としての芙蓉と取るほかない（蓮の花は夏の季語）。前句の貧苦の悲惨に、極楽の蓮池の光景を対《むか》い合わせ、現世の穢土《えど》の侘《わび》しさを彼岸の浄土の輝きへと転じた。しかしごく素朴に、古茣蓙の敷かれている縁先の前に池があり、そのほとりに咲く蓮の花を大袈裟《おおげさ》に言い做《な》したと取ってもよい。

13　吸物《すひもの》は先《まづ》出《で》来《か》されしすいぜんじ　芭蕉（雑）

まず出された椀《わん》の海苔《のり》のお吸い物の、何と結構なお味でしょうという客の挨拶。前句の蓮池を豪壮な屋敷の庭にあると見立て、座敷からそれを眺めながらの宴席を趣向した。水前寺海苔は熊本の水前寺近くの清水で採れる川海苔。その淡白で上品な風味が、真っ白な蓮華《れんげ》の清楚によく映っている。すいもの、すいぜんじの音韻の響き合いを強調するべく平仮名で書かれているが、「水前寺」の名は蓮池を「前」にした饗応《きようおう》の場にふさわしい。

14　三里あまりの道かゝえ（へ）ける　　去来（雑）

美味《おい》しいお椀をいただき、さてこれからどんなご馳走《ちそう》が出るか、心残りでなりませんが、まだこれから三里あまりの道のりが控えているので、わたしは先においとましなければなりません。ここは月の定座《じようざ》に当たっていますが、お残りになる皆さんのどなたかにお譲りすることにしましょう、と去来は年長者の貫禄《かんろく》を示している。

15　この春も盧《ろ》同《どう》が男《をとこ》居《ゐ》なりにて　　史邦（春）

盧同（七九五？－八三五）は中唐の茶人・詩人で、士官を固辞し山村に隠棲《いんせい》した。「居なり」は、奉公人が、通常は三月五日と決まっている出代《でがわ》りの時期を過ぎてもそのまま住み込みを続けること。前句の客を蘆同のような風流人に見立てて（史邦の去来への敬意）、その忠実な下僕（史邦自身）が、さてそろそろお発《た》ちになりませんと、と呼びに来た、とでもいった想定か。そういうわけでわたしも去来殿のお供をして一緒においとましますので、月の句はぜひお次の方に、と謙退の意を示している。

16 さし木つきたる月の朧夜《おぼろよ》　凡兆（春）

春の句を続けるという前提で（三句以上という原則）、かつまた月の座を引き受けることにするならば、おのずと朧月（これは春の季語）が選択されることになる。「居なり」になった下僕の忠義から、挿木《さしき》がうまくついて元気な若芽が出たさまを連想し、生命力が万物に漲《みなぎ》る朧月夜のめでたさを言祝《ことほ》いでいる。

17 苔《こけ》ながら花に並ぶる手水鉢《てうづばち》　芭蕉（春）

花の定座。春の花（ここはとくに桜でなくてもよい）が咲き乱れる中に、苔むした手水鉢《ちょうずばち》がぽつんと置かれている、その取り合わせの妙。月の直後に花という贅沢《ぜいたく》な連が実現した以上、あとは古ぼけた手水鉢を一つ転がしておくだけで十分、俳諧になる。

18 ひとり直《なほり》し今朝《けさ》の腹だち　去来（雑）

景の句が続いたので、庭の手入れをする癇性《かんしょう》な老人の心情を取り出した。昂《たか》ぶった心も好きな庭いじりをするうちに鎮まってゆく。

19 いちどきに二日の物も喰《くう》て置《おき》　凡兆（雑）

庭いじりの所作からおのずと老人の姿が浮かんでしまう前句を大胆に詠み替え、二日ぶんの食糧を一気に喰《く》い溜めしてしまう豪気な大食漢の若者を登場させた。

20 雪げにさむき島の北風　史邦（冬）

雪もよいの空の下、冷たい北風が吹きまくる厳しい離島の風土を吟じている。喰い溜めはべつにものぐさだからではなく、荒天になれば漁の船は出せず、喰えるときに喰っておかなければならない、切り詰めた倹《つま》しい島暮らしの現実なのだ、と、思い切った場の転換を図った。

21　火ともしに暮《くる》れば登る峯《みね》の寺　去来（雑）

「暮れば登る」の言い回しに日々繰り返される日課が暗示される。毎日毎日、日が落ちかけると峰の寺に常夜灯を灯《とも》しに登ってゆく男の、単調で孤独な生活。もちろんこれは航海安全のために灯台の用に供される明かりであろう。

22　ほとゝぎす皆《みな》鳴《なき》仕《し》舞《まひ》たり　芭蕉（夏）

時節も過ぎて、ほととぎすの鳴き声もすっかり絶えた。空気の中にもどことなく秋の気配がある。助動詞「たり（てあり）」はいったん完了した事態が今なお持続していることを示す。前句に示唆された、毎日同じことが繰り返される単調な時間の流れの中でも、いつの間にか季節はゆっくりと移ろっており、毎日聞こえていたはずのものがすっかり途絶えていることに、あるときふと気づく、その一瞬の小さな衝撃を言い留めている。持続と瞬間の対比である。厳寒の候であった打越（前々句）から一変して、島の風景にはすでに晩夏の情感が漲っている。

23 瘦骨《そうこつ》のまだ起直《おきなほ》る力なき　　史邦（雑）

ほととぎすは「すでに」鳴き仕舞いをしたというのに、長患いの病人は「まだ」起き上がる力がない。夏の炎暑で弱った軀《からだ》も、涼風の立つ時節を迎え、少しは楽になってきたのだが。

24 隣《となり》をかりて車引《ひき》こむ　　凡兆（雑）

見舞いに来てくれた客人の牛車を入れる余裕がないので、隣家の敷地を借りなければならなかった。含意として、客は貴人、病人の住まいは陋屋《ろうおく》、ということになる。『去来文』は、『猿蓑』には『源氏物語』を踏まえた句があり、「隣をかりては、夕がほを［…］存じよりて仕候」と述べている。『源氏』夕顔巻の、光源氏が六条通いの折り、病床にある大弐《だいに》の乳母《めのと》を見舞う場面で、乳母の家の門が鎖《とざ》してあったので、しばらく「らうがはしき大路」に御車を立てて待っていたが、その隣家が夕顔の家であったという挿話の想起であろう。

25 うき人を枳《き》殼《こく》垣《がき》よりくゞらせん　芭蕉（雑）

前句が『源氏』夕顔巻への引照によって準備してくれたのに応答して、当然恋の句となる。「うき人」は憂き人、自分に憂き思いをさせる人、すなわち恋人のこと。「枳殼垣」はからたちの生垣。久しく訪れてくれなかったつれない男が、ようやく忍んで来てくれた。嬉しい、しかし、憎々しい、と心は乱れる。せめてあの刺《とげ》だらけの枳殼垣を通り抜けて来るがいい、そうすればあなたを待ち焦がれるわたしのこの恋心の痛みが、少しはわかってくれるでしょう、と。

26 いまや別《わかれ》の刀《かたな》さし出す　去来（雑）

平安朝の王朝文学の世界が、鎌倉時代以降の軍記物の世界に突然転換したかのような感がある。刀は、単なる翌朝のきぬぎぬの別れに際しての餞別《せんべつ》か、それともこの恋はこれまでという決定的な縁切りの意志表示か、どちらとも取れるが、たとえ前者としても刀を差し出した女の身振りに籠められた感情は激越である。

27 せはしげに櫛《くし》でかしらをかきちらし　凡兆（雑）

男が去った後に苛立《いらだ》たしげに髪を梳《す》きつつ、もどかしく割り切れない思いを持て余している。打越から三句続けて同じ女が続いてしまうが、「別の刀」を突きつけた瞬間以降、がらりと態度が変わり人柄も変わったからよしとするか。

28 おもひ切《きつ》たる死《しに》ぐるひ見よ　史邦（雑）

苛立ちは男の側でも同じである。もともと自分の薄情な仕打ちが原因とはいえ、女の方から縁を切られると突然未練が生じ、もの狂おしい気持がつのる。髪を滅多やたらにくしけずる動作の荒々しさは、出陣前の武者の気負いと昂ぶりの表現に見替えられ、自暴自棄の行き着く果ては、戦場での阿修羅《あしゅら》のはたらきとなる。

29 青天《せいてん》に有明月《ありあけづき》の朝ぼらけ　去来（秋）

名残折《なごりのおり》の月の定座。血のにおいが立ち込めた死屍累々《ししるいるい》の戦場に、冷え冷えとした暁光が射してきたとも（戦闘はもう終っている）、残月が仄白《ほのじろ》く浮かぶ夜明けの空を見上げつつ、さあこれから朝駆け（早朝不意に敵陣に攻撃をかけること）に出立するぞと武者震いをしているところとも（これから戦闘が始まる）、どちらとも取れる。句がそれにまったく言及せず景を詠んでいるだけだからであるが、「青天」「有明月」「朝ぼらけ」という平凡な取り合わせで淡々と作られているだけに、いくさ、斬り合い、血、鬨《とき》の声、憤死、惨死、等々に関するこの黙りよう、この無関心、この静けさが、かえって恐ろしい。

30 湖水の秋の比良《ひら》のはつ霜《しも》　芭蕉（秋）

比良は琵琶湖《びわこ》西方の比叡《ひえい》の北に連なる山。「比良の暮雪《ぼせつ》」は近江《おうみ》八景の一つ。服部《はっとり》土芳《とほう》『三冊子《さんぞうし》』（赤）に曰《いわ》く、「前句初五の響堅きに心を起し、湖水の秋、比良の初霜と、清く冷《すさま》じく、大きなる風景を寄す」と。「是れ一幅の名画、爽涼《そうりょう》清粛、解を下すを要せざるものなり」とは幸田露伴の評（『芭蕉七部集評釈』）。

31　柴《しば》の戸や蕎《そ》麦《ば》ぬすまれて歌をよむ　史邦（秋）

前句の爽涼の景を歎賞《たんしょう》している風流人を、柴の戸（柴を編んで作った戸、転じて粗末な棲みか、草庵《そうあん》）に住まわせた。「蕎麦」自体は無季（ただし「蕎麦の花」「蕎麦の実」は秋季）だが、秋の句は三句以上続けるという規則から、ここでは秋の季語として扱う。蕎麦は霜に弱い。被害の出る前に収穫しておこうと思っていた矢先、盗難に遭ったか。盗難に遭ったが、あれはもう霜で傷んでいたんだよと負け惜しみを言っているのか。『古今著聞集』巻十二に、蕎麦を盗まれた後、戯《ざ》れ歌（「ぬす人は長袴《ながばかま》をや着たるらむそばをとりてぞ走り去りぬる」——蕎麦を袴《はかま》の股立《ももだち》の部分を指す稜《そば》に掛けている）を詠んだ澄恵《ちょうえ》僧都の逸話があり、発想源の一つかもしれない。滑稽とも風雅とも定めがたい場所に俳諧がある。

32　ぬのこ着《き》習《なら》ふ風の夕ぐれ　凡兆（冬）

初霜が下り、冬が迫って夕風が冷えこんできたこの時節、布子《ぬのこ》（木綿の綿入れ）を着慣れるようにもなってきた。

33 押《おし》合《あう》て寝ては又《また》立つかりまくら　芭蕉（雑）

安宿の狭い部屋に押し合うように泊まっては、翌朝はまた発ってゆく仮枕（旅寝）の日々。居住まいの独りの着ぶくれを、旅先での仲間との押し合いへしあいの雑魚寝《ざこね》に転じ、定住から放浪へ、孤心から人付き合いへと世界を広げた。

34 たゝらの雲のまだ赤き空　去来（雑）

「踏鞴《たたら》」は、鍛冶《かじ》鋳物師が使う、足で踏んで空気を送る大型のふいご。早起きした鋳物師たちがたたらを踏み、立ちのぼる煙炎が、まだ夜の明けきらぬ朝空の赤々とした暁霞《あけがすみ》に溶けこんでゆく。これを夕焼けの空と見るのは打越に掛かってしまうので不可。

35 一《ひと》構《かまへ》鞦《しりがい》つくる窓のはな　凡兆（春）

花の定座。「一構」は、一区画の意と一つの独立した建物の意と、両義あるが、ここはとりあえず後者だろう。「鞦」は、馬の尾の付け根から鞍に繋《つな》ぐ革製の帯緒。たたら工房があるような町はずれ・村はずれに、馬具職人の家があると見定め、その窓辺に桜の花が咲いているとした。日本社会史における「タタラ者」という製鉄集団の意義に関しては、歴史家網野《あみの》善彦《よしひこ》による民俗社会学的考察を参照のこと。この連句ではその「たたら場」の近隣に、皮革職人（皮郎者）の集落（「一構」を区画と読んでもよい）を設定している点が興味深い。ちなみに、近世に出現した俳諧師という特異な職能もまた、網野のいわゆる「無縁」の人々（漂泊遊芸民等）に属することは言うまでもない。

36　枇杷《びは》の古葉《ふるは》に木芽《このめ》もえたつ　史邦（春）

古い葉から新しい芽が萌え出る。前句での、いっときの華やぎの後には散ってゆくほかない桜花のはかなさがまとう、仄《ほの》かな憂いの情を、綺麗に払拭して歌仙を巻き上げなければならない。挙句は、新生の喜びへの頌《しょう》である。

全集版あとがき

安東次男への感謝

安東次男《あんどうつぐお》『芭蕉《ばしょう》七部集評釈』は、季刊文芸誌『すばる』に一九七〇年春から三年間にわたって連載された。これはわたしの高校生活の後半から大学入学あたりの時期に相当する。集英社から単行本として刊行された一九七三年九月にはわたしは大学二年生で、当時、フランス語の習得が拓《ひら》いてくれつつあった未知の世界に興奮していたが、同時に、きわめて靭《つよ》い、精妙にして稠密《ちゅうみつ》な彫心鏤《る》骨《こつ》の批評文が同時代に書かれつつあることに感銘を受けていた。言葉を「読む」というただそれだけの行為が、これほどまでに周到で緻密な手続きを要するものなのか、言葉との密接な交流（交感、交歓、さらには交媾《こうこう》とさえ言うべきか）が、これほどまでに深く苛酷な次元を帯びうるものなのかという感銘である。端的に言ってしまえば、ロラン・バルトもジャン＝ピエール・リシャールもたしかに凄《すご》いが、日本には安東次男がいるではないかと思っていたのである。中学高校の同級生だった友人とその感銘を分かち合いつつ、二人で連衆《れんじゅ》となって歌仙の真似事を試みたりしたことを思い出す（その春夏秋冬の四歌仙は一九八二年に『歌仙　亂々調』と題する冊子にまとめた）。宗匠格の須賀裕君の捌《さば》きように感心しつつ、わたしの出す句案、出す句案をことごとく没にしてしまうその安東流の厳しさには辟易《へきえき》したものだが……。

大学生の頃のわたしは、感性的には実は芭蕉より蕪村《ぶそん》の方にずっと親しみを覚え、好きな蕪村の句を五十句選出してノートに書き写し、肌身離さず持ち歩いて愛誦したりしていたものだ。温かく人懐かしい声で語りかけてくるこのマイナー・ポエットの幸福な小宇宙（芳賀徹氏に『與謝蕪村の小さな世界』という好著がある）に浸ることは、何ものにも替えがたい慰藉《いしゃ》だった。「夏河を越すうれしさよ手に草履《ざうり》」「ゆく春やおもたき琵琶《びは》の抱心」「うつつなきつまみ心の胡蝶《こてふ》かな」……。六十代に入った今もなお、どちらが「好き」かと訊《き》かれれば躊躇《ちゆうちよ》なしに蕪村と答える。しかし、安東次男の評釈は、「読む」という行為とは、慰藉を得る得ないといった次元を超えた容赦のない峻烈《しゆんれつ》を帯びることが可能であり、あるいはむしろ帯びるべきであり、芭蕉の発句と連句はその試練にぎりぎりまで耐えうるだけの強度と密度を内に蔵した稀有《けう》なテクストであることを、懇切に教えてくれた。その感動の記憶は四十年以上経った今もまったく薄らがない。

さて、一九七三年に『芭蕉七部集評釈』、七八年に『続・芭蕉七部集評釈』を出した安東氏が真に驚くべきことをやってのけるのはしかし、その後である。彼は、正・続と揃《そろ》っていったん完結した評釈を、始めから全部やり直し、まったく別の文章を書き下ろして、『風狂始末　芭蕉連句新釈』（一九八六年）、『続風狂始末　芭蕉連句新釈』（八九年）、『風狂余韻　芭蕉連句新釈』（九〇年、すべて筑摩書房刊）を次々に刊行した（三著の合本版として『完本　風狂始末――芭蕉連句評釈』（ちくま学芸文庫、二〇〇五年）が今日容易に入手可能である）。そればかりではない。彼はこの新釈を完成するや、大変な時間と労力を費やして成った集英社版の旧釈を絶版にし、再刊を禁じてしまった。「歌仙は三十六歩也。一歩も後に帰る心なし」（『三冊子《さんぞうし》』）という芭蕉の教えの、間然するところのない実践と言うべきだろう。誰にでも出来ることではない。

すでに彼は「枯野の夢」と題するエッセイに、「俳諧とは、往きて帰る心と往き往きて帰らぬ心との絶対的矛盾を止揚することだ」という名言を書きつけていた（『定本　芭蕉』筑摩叢書、一九七七年、及びその組み換えによる『芭蕉』中公文庫、一九七九年所収)。評釈の全面的なやり直しは「往きて帰る心」の、旧釈の廃絶は「往き往きて帰らぬ心」の、それぞれやむにやまれぬ発露と言うべきものであろう。二つの心の間の「絶対的矛盾」をいかに「止揚」するかというこの困難な問いを彼は粘り強く、力強く、誠実に生き、ともに感歎措《かんたんお》くあたわざる二様のテクストを遺《のこ》した。

ここに収めたささやかな仕事は、若年の頃のわたしが安東次男の評釈行為から受けたこうした感動に、——ずいぶんの長年月を経た後のことになってしまったが——わたしなりの始末をつけようとして試みたものだ。むろんこのことは安東氏の解(それは時としてかなり奇矯、偏頗《へんぱ》、独善的であり、ただしもちろんその奇矯、偏頗、独善それ自体に彼の文章の魅力があるのだが)の無条件の踏襲を意味しない。いちいち註《ちゆう》記《き》する余裕はなかったが、むしろ安東説は結局あまり採らずに終る結果となった。発句百の選にしても、彼の百五十句選(『芭蕉発句新注　俳言の読み方』筑摩書房、一九八六年/『芭蕉百五十句　俳言の読み方』文春文庫、一九八九年)との間に大きな異同がある。わたしにはわたしなりに自分自身の「風狂始末」のつけかたがあった。そのことも含めて、今は亡き傑出した批評家・詩人・俳人への心からの尊敬と感謝の念をここに改めて表明しておきたい。

残念でならないが、生前の安東氏にお目にかかる機会はついになかった。句集

『流《りゅう》』（ふらんす堂、一九九七年）刊行時に不意に一本をご恵投くださったのは、あるいはわたしの編んだ論集『文学のすすめ』（筑摩書房、一九九六年）の巻末の読書案内に『芭蕉七部集評釈』を挙げておいたのが、何かの拍子にお目に留まったからでもあろうか。いずれどこかで知遇を得る機会もあろうからそのとき句集のお礼を直接申し上げようと考え、礼状も出さなかった。きっと無作法なやつと思われたことだろう。

付け加えておけば、安東氏の新旧二様の『七部集評釈』のうち、わたし自身が個人的に好み、より大きな共感を覚えるのは実は旧釈の方なのである。新釈は、独り善がりな狭い読み筋（連衆心をめぐる無用に細密な揣摩《しま》臆測《おくそく》……）に入り込みすぎていて、他の可能な解の排しようがあまりに狭量、あまりに非寛容と感じられてならないからだ。その容赦のない非寛容の峻厳にこそ彼の俳諧師としての矜持があり、ひいては彼の「風狂」の心の神髄そのものがあるのだと言われれば、もちろん反論のしようはないのだが。

「おくのほそ道」の現代語訳についても一言しておく。わたしが何より留意したのは、言葉の流れの速度である。ニュアンスのすべてを詰め込もうとすれば、訳文は甚だしく膨れ上がって、くだくだしい滞留を呈し、流れは停滞して遅くなる。それは国文学者の学識の発露ではあっても文学的テクストではなくなってしまう。かと言って、重層的に畳み込まれた意味の筋を一つに絞り他を切り捨てて、さっぱり、きっぱり、あっさりした現代文にしてしまうなら、すらすら読めて通り一遍の理解は届くが、芭蕉の文の雅趣は薄れてしまう。たとえば山本健吉訳はその方針を採っており、それなりに見事なものだが、わたしにはやはり物足りなかった。流れが速くなりすぎるのもつまらないということだ。両者の中間で、遅すぎず速すぎず、「ほそ道」を行く歩行の速度に同期する訳文を創り出そうと腐心した。出来栄え如何の判定は、読者諸賢に委ねるしかない。

なお、「おくのほそ道」に関しては註はいっさい付けないというのが最初からの方針だった。付けはじめればきりがないからだが、本文理解に最低限必要な補いは訳文中に織り込んだつもりである。それ以上のことをやろうとすれば、評釈書を丸々一冊書くほかなくなってしまうだろう。

芭蕉に関する汗牛充棟の文献のうち、むろんわたしはそのほんの片隅を齧《かじ》っただけにすぎない。そのうち、先に挙げた安東氏の著書以外の主なものを挙げれば、まず、座右に置いて常時お世話になった二冊として、『松尾芭蕉集① 全発句（新編日本古典文学全集70）』（井本農一・堀信夫注解、小学館、一九九五年）、『松尾芭蕉集② 紀行・日記編／俳文編／連句編（同全集71）』（井本農一・久富哲雄・村松友次・堀切実校注・訳、小学館、一九九七年）がある。その他、発句・連句に関しては、幸田露伴『評釈芭蕉七部集』（岩波書店、一九八三年）、『芭蕉句集（日本古典文學大系45）』（大谷篤蔵・中村俊定校注、岩波書店、一九六二年）、『芭蕉全発句集——現代語訳付き』（雲英末雄・佐藤勝明訳注、角川文庫、二〇一〇年）など、『おくのほそ道』に関しては、『芭蕉文集（日本古典文學大系46）』（杉浦正一郎・宮本三郎・荻野清校注、岩波書店、一九五九年）、久富哲雄『おくのほそ道』（講談社学術文庫、一九八〇年）、安東次男『おくのほそ道』（岩波書店、一九八三年）などを随時参看し、大きな恩恵を受けた。記して感謝の意を表したい。

文庫版あとがき

わたしの風狂始末

松尾芭蕉《まつおばしょう》は、王朝物語や『古今和歌集』以来の「雅」の伝統の継承と、江戸元禄期の市民社会の成熟がもたらした「俗」の活力の横溢《おういつ》と——その両者のあいだの奇蹟的な均衡を一身に具現した天才である。

上から下へ砂粒がさらさらと落ちてゆく砂時計のような形態をわたしはイメージしている。ガラス器の中央に細くくびれた部分があり、砂粒はそこでいったん滞留するが、その小さな穴をくぐり抜けるとまた大きく広がって落ちてゆく。このくびれの部分に位置するのが芭蕉である。日本や中国の古典の教養、それによって涵養《かんよう》された美意識や詩情、そうした伝統のすべてが芭蕉のなかに流れこむ。彼はそれを一身に集約し、凝集させ結晶させ、比類のない高さを持つ詩と散文を実現してみせた。そして芭蕉以後、砂粒たちはまたのびやかに広がって、あまたの俳人、歌人、詩人たちの富となってゆく。芭蕉は日本の詩歌史のそうした最重要の結節点に立つ天才とわたしの目には映っている。

本書に収録したのは、その芭蕉の、まず紀行・日記のうち最高峰と言うべき「おくのほそ道」の現代語訳、次いで、彼の発句と今日確実に認定されている全九百七十六句より精選した百句の評釈、さらに、「座」の文芸として彼が洗練の極みにまで導いた連句形式による二巻の歌仙の、同じく評釈である。

文、発句、連句というこれら三種の言語の姿において、芭蕉はそれぞれ異なった仕方でその天才を遺憾なく発揮した。紀行では、古来の歌枕をみちのくに訪ねる旅の記録のうちに詩想と現実の相互浸透を試み、発句では、助詞一つの使用にも深慮を凝らす精妙な語法によって孤心と人情と風趣を謳い、連句では、「座」を囲む連衆との心の通い合いのうちにいわば集合無意識に根ざした共同制作——文学的コミュニズムとでも言おうか——の可能性を探った。

紙幅の限界ゆえに、この三分野をそれぞれ代表する作として本書に収録しえたものはごく少数にとどまらざるをえなかったが、しかし芭蕉が遺した稀有《けう》の文業のエッセンスをこの小著のうちに凝縮することにわたしは心を砕き、その企図はある程度達成

された と考えている。

「評釈」という「言語態」を試みるのは、わたしにとっては初めての体験だった。それは意味(作用)の層を深みに向かって探査し、語られずにいたものを語り、言葉に言葉を重ねる作業であり遊びであり「芸」である。安東次男《あんどうつぐお》、幸田露伴《こうだろはん》から江戸期の古註へ遡行《そこう》してゆくと、わが国の文人が並々ならぬ情熱を傾けてこの「言語態」の可能性を探り、その「芸」の洗練を試み、かつまた単純にそれにうち興じてきたさまがわかってくる。わたしもまたそれに範を仰いで大いに楽しませてもらった。

芭蕉の発句に施したわたしの評釈のうちに、西脇順三郎や吉岡実、ボードレールやドビュッシーといった固有名が出現することに、奇異の念を抱かれた読者がいるかもしれない。わたしは国文学の専門家ではなく、一介の愛好者《アマチュア》にすぎない。篤実《とくじつ》なプロの文学研究者に課せられた務めとしての「評釈」は、作者と作品を取り巻く時代の文脈を再構成し、そのなかでテクストが孕《はら》んだ意味作用を取り出し、それを逐一正確に記述することでなければなるまい。もちろんわたしの評釈も、最小限必要なそれをまずやってはいる。

ただ、研究者としてではなく詩や小説の実作者としてこの仕事を依頼された以上、芭蕉の芸術を彼の拠って立つ歴史的コンテクストから少しばかり逸脱させ、わたし自身が立っている現在へ引き寄せることは赦されるのではないかと考えた。芭蕉のある句からボードレールのしかじかの詩行、西脇順三郎のしかじかのイメージへと連想が誘われる。それもまた一つの文学事象——堅実な解読とはまったく種を異にするが、興趣において、重要性においてそれにおさおさ引けを取らない文学事象、あるいは文学行為なのではあるまいか。

それは必ずしも芭蕉の作の「現代的」意義を喋々するとか、それを「現代詩」として読むとか、ひいては芭蕉の「現代化」を試みるとか、そんな大袈裟な話ではない。ただ、芭蕉の句に、わたし自身が身を置く「今・ここ」となまなましく響き合うものがあるとき、その響きの音色に——あまり恣《し》意的にならない程度に——耳を澄ましてみたいと思っただけだ。ささやかな「インターテクスト」の実践だったとひとまずは言っておこうか。それをわたしなりの「風狂」の営みと言い直してもよい。

本書を書くために数年にわたって芭蕉と親身な付き合いを重ねた体験は、十代の頃愛した俳諧への興味をわたしのうちに再燃させ、そこで勢いづいた興趣は、やがて老俳人を主人公とする長篇小説『月岡草飛の謎』（文藝春秋、二〇二〇年）にまで谺《こだま》を届かせることになった。わたしなりの「風狂始末」は、無償の諧謔《かいぎゃく》を野放図に膨らませたロマネスクな戯文へと、思いがけず発展してゆくことになったのである。これはまことに心愉しい成り行きだった。本書でも『月岡草飛の謎』でも、ともかくわたしは大いに楽しんだ。ロラン・バルトがその晩年にHaïkuにあれほど入れ揚げた理由も、この楽しみと無縁でなかったかもしれない。

松尾芭蕉年譜

一六四四（寛永二一／正保 元）年　伊賀国上野《いがのくにうえの》赤坂町《あかさかちょう》（現在の三重県伊賀市）に半農半士の松尾家の次男として生まれる。幼名、金作《きんさく》。父は与左衛門《よざえもん》、母、兄のほか姉が一人、妹が三人。

一六五六（明暦 二）年　一三歳／二月、父・与左衛門死去（享年未詳）。

一六六二（寛文 二）年　一九歳／この頃より津《つ》藩伊賀付侍大将藤堂新七郎良精《よしきよ》の嫡男良忠《よしただ》に仕え、忠《ちゅう》右衛門宗房《えもんむねふさ》と名乗る。台所用人であった。主君・良忠は蟬吟《せんぎん》と号する貞門の俳人。師は歌人、古典文学者としても当代一流であった貞門の北村季吟《きたむらきぎん》。主君と共に学んだ。

一六六四（寛文 四）年　二一歳／貞門の撰集《せんしゅう》『佐夜中山集《さよのなかやましゅう》』（松江重頼《まつえしげより》編）に二句入集。現存最古の芭蕉の作。

一六六六（寛文 六）年　二三歳／四月、良忠死去（享年二五）。主君の逝去に伴い藤堂家を辞する。

一六六七（寛文 七）年　二四歳／貞門の撰集『続山《ぞくやま》の井《い》』（北村湖春《きたむらこしゅん》編）に発句二八句、付句三句入集。

一六七二（寛文一二）年　二九歳／一月、初撰集『貝《かい》おほひ』を伊賀上野の菅原神社《すがわらじんじゃ》（上野天神宮《うえのてんじんぐう》）に奉納。

一六七四（延宝 二）年　三一歳／三月、季吟より秘伝書『誹諧埋木《はいかいうもれぎ》』（季吟著）を伝授される。

一六七五（延宝 三）年　三二歳／出郷して江戸へ下る。五月、談林《だんりん》の領袖西山宗因《にしやまそういん》を歓迎する百韻《ひゃくいん》に出席。この時より桃青《とうせい》と号する。以降、談林へ傾倒。

一六七六（延宝 四）年　三三歳／六月、帰郷。七月、猶子《ゆうし》・桃印《とういん》を伴って江戸へ戻る。日本橋小田原《おだわら》町《ちょう》に借家住まい。

一六七七（延宝 五）年　三四歳／この年より四年ほど小石川上水（のちの神田上水）の改修工事に携わる。この間、現在の関口芭蕉庵《せきぐちばしょうあん》（文京区関口）付近に住んだとされる。

一六七八（延宝 六）年　三五歳／この頃俳諧宗匠として立机《りつき》する。三月、友人山口素堂《やまぐちそどう》（信章《しんしょう》）、伊藤信徳《しんとく》と巻いた三百韻を『江戸三唫《さんぎん》』として刊行。

一六八〇（延宝 八）年　三七歳／四月、撰集『桃青門弟独吟二十歌仙《とうせいもんていどくぎんにじっかせん》』刊行。九月、『俳諧合《はいかいあわせ》』刊行。冬、江戸深川《ふかがわ》（江東区常盤《こうとうくときわ》）に庵《いおり》を結び、泊船堂《はくせんどう》のちに芭蕉庵と号する。点者生活をやめる。

一六八一（延宝 九／天和 元）年　三八歳／七月、撰集『俳諧次韻《はいかいじいん》』刊行。

一六八二（天和 二）年　三九歳／芭蕉と号する。前年に門弟李下《りか》より贈られた芭蕉の株にちなむ。三月、宗因死去（享年七八）。一二月、八百屋《やおや》お七《しち》火事により芭蕉庵焼失。甲斐国谷村《かいのくにやむら》（山梨県都留《つる》市）の秋元《あきもと》藩国家老で門弟の高山麋塒《たかやまびじ》のもとへ身を寄せる。

一六八三（天和 三）年　四〇歳／五月、江戸へ戻る。同月、撰集『虚栗《みなしぐり》』（宝井其角《たからいきかく》編）刊行。六月、母死去（享年未詳）。冬、芭蕉庵が再建。

一六八四（天和 四／貞享 元）年　四一歳／八月、『野《の》ざらし紀行《きこう》』の旅に出る。伊勢へ出て伊賀上野に入り、吉野、京を経て美濃国大垣《みののくにおおがき》へ。冬、名古屋で門弟山本荷兮《やまもとかけい》らと歌仙を巻き、撰集『冬《ふゆ》の日《ひ》』（荷兮編）として刊行、蕉風の始まりを世に告げた。

一六八六（貞享 三）年　四三歳／閏《うるう》三月、『蛙合《かわずあわせ》』（仙化《せんか》編）刊行。八月、撰集『春《はる》の日《ひ》』（荷兮編）刊行。

一六八七（貞享 四）年　四四歳／八月、常陸国鹿島《ひたちのくにかしま》（茨城県鹿嶋市《かしま》）で月見。のちに『かしまの記』にまとめる。一〇月、『笈《おい》の小文《こぶみ》』の旅に出る。東海道を上り、鳴海《なるみ》、熱田《あつた》、伊良湖崎《いらござき》、名古屋を経て伊賀上野で越年。

一六八八（貞享五／元禄元）年　四五歳／春、伊勢、吉野、高野山《こうやさん》、和歌《わか》の浦《うら》を経て須磨《すま》明石《あかし》を巡る。八月、信濃国更科《しなののくにさらしな》で月見。同月、江戸に戻る。のちに『更科紀行』にまとめる。

一六八九（元禄 二）年　四六歳／三月、撰集『曠野《あらの》』（荷兮編）刊行。同月、『おくのほそ道』の旅へ出る。東北、北陸を巡り、八月下旬、美濃国大垣へ到る。伊勢へ立ち寄り、伊賀上野へ帰郷。年末を京で過ごし、膳所《ぜぜ》（滋賀県大津市《おおつ》）で越年。

一六九〇（元禄 三）年　四七歳／四月、近江国分山《おうみこくぶやま》（滋賀県大津市）の幻住庵《げんじゅうあん》に入る。七月下旬より八月にかけて、「幻住庵記《げんじゅうあんのき》」執筆。八月、撰集『ひさご』（浜田珍碩《はまだちんせき》編）刊行。

一六九一（元禄 四）年　四八歳／嵯峨・落柿舎《らくししゃ》に滞在。「嵯峨日記《さがにっき》」を執筆。七月、蕉風の最高峰とされる撰集『猿蓑《さるみの》』（向井去来《むかいきょらい》・野沢凡兆《のざわぼんちょう》編）刊行。一〇月、江戸へ戻る。

一六九二（元禄 五）年　四九歳／二月、「風雅三等之文《ふうがさんとうのふみ》」執筆。五月、新築された芭蕉庵へ入る。八月、『芭蕉庵三日月日記《ばしょうあんみかづきにっき》』成る。

一六九三（元禄 六）年　五〇歳／三月、猶子・桃印死去（享年三三）。七月中旬より一ヶ月間、芭蕉庵に籠《こも》り面会を謝絶する。「閉関之説《へいかんのせつ》」執筆。

一六九四（元禄 七）年　五一歳／四月、『おくのほそ道』が完成。五月、帰郷。同月、撰集『別座鋪《べつざしき》』（子珊《しさん》編）刊行。六月、撰集『炭俵《すみだわら》』（志田野坡《しだやば》・池田利牛《いけだりぎゅう》・小泉孤屋《こいずみこおく》編）刊行。同月、芭蕉の妾《めかけ》ともいわれる寿貞尼《じゅていに》が芭蕉庵で死去（享年未詳）。九月、大坂で病に倒れる。一〇月一二日、死去。義仲寺《ぎちゅうじ》（滋賀県大津市）に埋葬される。一二月、追善集『枯尾華《かれおばな》』（其角編）刊行。

一六九八（元禄一一）年　五月、撰集『続猿蓑《ぞくさるみの》』（服部沾圃《はっとりせんぽ》編、各務支考《かがみしこう》補）刊行。

作成／大谷弘至（俳人）

本書は、二〇一六年六月に小社から刊行された『松尾芭蕉　おくのほそ道／与謝蕪村／小林一茶／とくとく歌仙』（池澤夏樹＝個人編集　日本文学全集12）より、「松尾芭蕉　おくのほそ道」を収録しました。文庫化にあたり、一部加筆修正し、書き下ろしのあとがきを加えました。

松尾《まつお》芭蕉《ばしょう》／おくのほそ道《みち》

二〇二四年 九 月一〇日　初版印刷
二〇二四年 九 月二〇日　初版発行

選訳者　松浦寿輝《まつうらひさき》
発行者　小野寺優
発行所　株式会社河出書房新社
〒一六二-八五四四
東京都新宿区東五軒町二-一三
電話〇三-三四〇四-八六一一（編集）
〇三-三四〇四-一二〇一（営業）
https://www.kawade.co.jp/

ロゴ・表紙デザイン　粟津潔
本文フォーマット　佐々木暁
本文組版　KAWADE DTP WORKS
印刷・製本　中央精版印刷株式会社

Printed in Japan　ISBN978-4-309-42133-9

河出文庫 古典新訳コレクション

古事記 池澤夏樹［訳］
百人一首 小池昌代［訳］
竹取物語 森見登美彦［訳］
伊勢物語 川上弘美［訳］
源氏物語1〜8 角田光代［訳］
堤中納言物語 中島京子［訳］
土左日記 堀江敏幸［訳］
枕草子上・下 酒井順子［訳］
更級日記 江國香織［訳］
平家物語1〜4 古川日出男［訳］
日本霊異記・発心集 伊藤比呂美［訳］
宇治拾遺物語 町田康［訳］
方丈記・徒然草 高橋源一郎・内田樹［訳］
能・狂言 岡田利規［訳］
好色一代男 島田雅彦［訳］
雨月物語 円城塔［訳］
通言総籬 いとうせいこう［訳］
春色梅児誉美 島本理生［訳］
曾根崎心中 いとうせいこう［訳］
女殺油地獄 桜庭一樹［訳］
菅原伝授手習鑑 三浦しをん［訳］
義経千本桜 いしいしんじ［訳］
仮名手本忠臣蔵 松井今朝子［訳］
松尾芭蕉／おくのほそ道 松浦寿輝［選・訳］
与謝蕪村 辻原登［選］
小林一茶 長谷川櫂
近現代詩 池澤夏樹［選］
近現代短歌 穂村弘［選］
近現代俳句 小澤實［選］

＊以後続巻
＊内容は変更する場合もあります